Reinhart Brandau

EISNEBEL

Herstellung und Verlag:
BoD – Books on Demand, Norderstedt
ISBN 978-3-7322-5074-5

Ernst Meißner und dessen Elfe

Was das ist, Eisnebel?

Gibt´s eigentlich nur im Eismeer. Sind lauter winzig kleine Eis-
kristalle. Eisigkalt.
Der Mann, die Frau, das Kind, der Fischverkäufer, der Pastor
und sein Hund, sie alle erfrieren, wenn der Eisnebel sie anweht.

Das ist Fakt, Vegefakt!
Der ist so schlimm, dieser Nebel, hier in Vegesack, daß er nur
mit blödeln zu ertragen ist. Wenn überhaupt.

Man sieht ihn nicht. Er weht auch nicht, und ist keine vierzig
Grad kalt, wie im Eismeer.
Hängt nur so rum und erkältet die Seelen der Menschen, vieler
Menschen jedenfalls. Auch meine Seele hat er schon erkältet.
Drum meidet meine Elfe mich, hat keine Lust sich bei mir anzu-
stecken. Es ist ein Elend!

*

Doch zweimal die Woche, Dinstags und Donnerstags, ist alles
anders, erholen sich viele Seelen im Chorgesang.
Und meine Elfe ist dann auch dabei, und singt mit. Und ich
glaube auch die Stimmen noch anderer Elfen zu hören!
Ein bisschen Himmel zaubern hundert Kinderstimmen in diese
sonst so triste Menschenwelt.
Und erst auf Spiekeroog! Aber das ist später. So ungefähr,
sieht die Großwetterlage über Bremens Norden aus.

*

Die Schule? Ein einziges Ärgernis. Zu Hause? Noch schlimmer!
Also erst mal die Schule: Unter dem Spruch, über dem Schul-
eingang; „Du lernst fürs Leben, nicht für die Schule" müßte
auch noch; „Kein Zugang für Elfen" stehen.

Und doch, etwas elfenhaftes schimmert immer wieder in Herrn Schindlers Kunstunterricht auf. Deshalb hab ich diesen Lehrer, und seinen Unterricht, wohl auch so gern. Der Rest der Klasse allerdings, döst nur dem Unterrichtsende entgegen.

Der Matheunterricht geht ja noch, von meinen Noten abgesehen.
Englisch? Kann das Sprachgestümper von Lehrer und Schülern nicht ausstehen.
Französisch? Einfach nur langweilig.
Latein? Deklinieren, konjugieren, frustrieren und Vokabeln büffeln:
Galina – war´s das Huhn?
Agricola – der Bauer?
Orbs, orbis – der Halbkreis, des Halbkreises?
Kann für nichts garantieren, kann alles falsch sein, wenn ich so an meine Noten denke!
Biologie? Federn eines Vogels zählen. Wie viele Wasserflöhe verzehrt eine Kaulquappe täglich? Die Namen der Knochen eines Menschenskeletts habe ich mir gar nicht erst gemerkt, mit Ausnahme des Schlüsselbeines. Fühlt sich so gut an, und klingt so geheimnisvoll, wie Schlüssel zu ... verrat ich noch nicht.

*

„rrrrrrrrrriiiiiiing!"

Dreizehn Uhr, die Schule ist aus und ich hab zehn Pfennige verdient. Zehn Pfennige bekomme ich an jedem Schultag für eine kleine Flasche Milch.
Habe Wasser aus der Leitung getrunken. Auf dem Weg zu Fuß nach Hause verdiene ich noch zehn Pfennige Bußgeld. Es sind nur vier Kilometer von Vegesack bis Blumenthal.

Und zehn Pfennige sind viel Geld, wenn man gerade siebzehn geworden ist und kein Taschengeld bekommt. Und das kam so: Mein Vater gab mir fünfzig Pfennige Taschengeld die Woche. Ich mußte aber auflisten wofür ich es ausgab. Als mein Vater die Liste:
30 Pfennige Kino
5   Pfennige eine Kugel Vanilleeis
15 Pfennige eine Tüte Bonbons
dann überprüfte und mit saurer Mine deklarierte, daß ich das Geld zum Fenster rausgeschmissen hätte, übergab ich das Papier dem Herdfeuer. Das hat sich gefreut, und mir ein kleines Stückchen Freiheit zurückgegeben.

Für die Launen meines Vaters sind aber wohl nicht nur das Knotentau und seine katholische Vergangenheit verantwortlich, er trinkt auch so viel. Allerdings kein ordinäres Bier. Solches trinken Holzfäller und Pferdeknechte. Auch keinen Bohnenkaffee. Den trinkt meine Mutter, weil sie genußsüchtig und unmoralisch ist. Bohnenkaffee kaufen? Verboten! Doch manchmal kommt ein Päckchen aus Hamburg an. Was da drin ist? Ein von Oma selbstgehäkelter Topflappen, selbst gestrickte Wollsocken und ... BOHNENKAFFEE !!! Und meistens hat Opa (der Hundsfott, der meinem Vater seine Tochter nicht geben wollte und eine Geliebte hat, als ob ... schweigen wir lieber) noch einen Fünfmarkschein mit reingetan. Von dem gibt meine Mutter mir immer heimlich was ab. Mein Vater also, trinkt viel: Muckefuk, Brennesseltee, Wermuttee und jede menge Frust in sich hinein. Oh weh!

*   *

Frühling? Im Eisnebel erstickt!

Kurz nach sechs. Bin hellwach. Neben mir Eckarts ruhiges atmen. Strecke mich. Arme, Beine, Rücken. Diese Stunde gehört mir. Mir ganz allein.
Turnschuhe, Turnhose, Hemd. Haustür verschlossen. Überhaupt sind Türen viel zu laut, in der Stille der Nacht.
Das Fenster aber ist offen. Leise, wie ein Dieb gleite ich von der Fensterbank in eine dunkle Welt.
Über mir die Sterne. Weit hinter dem Kirchturm dort unten, ein fahler Schimmer am Horizont.
Klagende Nachtvogelstimme. Aus der großen Buche schwebt sie herab zu mir und das Kopfsteinpflaster, über das mich meine Füße tastend tragen.
Leverkenbarg heißt die kleine Straße. Lerchenberg. Früher sollen Lerchen hier gesungen haben. Jetzt miauen hier lauter Katzen rum, sollte Kattenbarg heißen. Katzenberg.

Die Lüder Clüver Straße lauf ich hinab. Am Bahnhof vorbei, in den Tunnel unter den Bahngleisen durch, an der träge dahinfließenden Aue entlang.
Im Nachtdunkel nebeln die alten Gemäuer der Wasserburg vorbei. Das Holz der kleinen Brücke rumpelt dumpf unter meinen darüber hin eilenden Füßen.
Den Galgenberg hoch, tragen sie mich an der spukigen Burg Wall vorbei über offenes Feld. In schnellem Rhythmus federn meine Füße über taufeuchtes Gras. Unter mir gleitet es dahin.
Büsche, vereinzelt Birken lösen sich aus formlosem Grau, schweben vorüber.
Rötlich färbt sich der Himmel über dem Wald. Goldener Schein leuchtet in den Laubkronen der Buchen auf, fällt schräg in das Walddunkel herab und bleibt lichtfleckig an hochgewachsenen Stämmen hängen.

Wie Säulen eines Tempels, tragen die Stämme der Buchen ihr Blätterdach über sich. Tiefe Stille. Nur das puckern meines Herzens, das flüstern meines Atems und ... eine verträumte leise Vogelstimme und ... mit einmal weiß ich; **dieser Wald ist Gottes eigene Kirche** – weit, weit weg von der Erdenmenschenwelt.

Aber wo ist er nur, mein Freund, der Liebe Gott? Hat er mir nicht versprochen wiederzukommen, wenn ich in das Herz seiner Schöpfung schaue?!
Aber wie soll das denn gehen?, so wie ich lebe! Nicht mal meine Elfe kennt mich mehr! Mit viel Glück erscheint sie man gerade noch zweimal die Woche – Dinstags und Donnerstags von sechszehn bis achtzehn Uhr!
Wenn das so weitergeht ... aber daran darf ich ja nicht mal denken! Nicht mal im Traum! Wenn ich es mir mit ihr nicht ganz verderben will! Irgendwas muß jetzt geschehen! Irgendwas! Jetzt gleich!
Da, der Baumstamm. Schlank ragt er in den Himmel auf. Da muß ich hoch. Wenn Gott schon nicht zu mir kommt, will ich ihm wenigstens ein Stückchen entgegen klettern.
Silbrig schimmernde Rinde. Wie Schlangenschuppenhaut. Oder die eines Welses, mit schrumpeligen Rautenschuppen. Weich und glatt fühlen sie sich an. Etwas rau an den Rändern, und seltsam lebendig.
Absprung vom Waldboden. Umarme den Baum. Klammer mit den Beinen, strecke mich hoch, krümme mich wie eine wandernde Raupe und zieh die Beine nach.
Mühelos gleite ich aufwärts. Fühle mich, wie eine Schlange, über die Schuppenrinde gleiten. Behende, und schnell.

Es ist, wie wandern in verbotenem Land. Im Reich der Vögel, des Windes und luftiger Wesen. Hoch über der Erde. Ein erregendes Gefühl des leicht seins, wie ich runter schau aus der Baumkrone auf den Waldboden, tief dort unten. Dann, ich weiß

nicht wie, überkommt mich ein Rausch. Laß mich zurück zur Erde nieder und klettere gleich wieder einen Baum hoch, und noch einen. Muß die Erdenschwere immer wieder neu überwinden.
Und dort, eine Hainbuche. Armdick, schlank, hoch, sehr hoch! Nur mit den Händen hangle ich mich den dünnen Baum rauf, bis er sich sachte neigt und mit mir auf den Waldboden zu schwebt. Dabei lösen sich meine Hände vom Holz. Geben den schlanken Baum frei, daß er sich mit leisem rauschen seiner Blätter wieder aufrichtet, und sinke auf den Waldboden zu der weich unter meinen Füßen federt.

Spüre meine Beine nicht mehr, meine Arme, meinen Körper. Fühle nur, wie ein leichter Wind mir übers Gesicht streicht, wie ich schwerelos über das Land dahinfliege.
Und träume von Susan und unseren Elfen. Und der Schwalbe und davon, wie fern das alles jetzt ist. Und daß es sich in einem Eisnebel verbirgt der sich vielleicht irgendwann einmal auflösen wird.
Doch jetzt, im Eisnebel erstarrt? Erkältet schon, daß mich fröstelt, aber noch nicht ganz erstarrt. Erinnerung und Sehnsucht sind mir geblieben. Sehnsucht nach Wärme und Nähe in dieser kalten Menschenwelt.
Auch wenn sie nicht mehr mit mir spricht, meine Elfe, höre ich doch noch ihre Stimme. Wenn sie mitsingt, im Chor, fühle ich daß sie in meiner Nähe ist.
Und ihre letzten Worte, als sie noch mit mir sprach: sie werden uns nicht mehr finden, nicht wissen wo wir sind. Ja! Diese Stunde gehört mir. Mir ganz allein!

Soll ich dich jetzt mitnehmen, nach Hause, an den Frühstückstisch? Und dann in die Schule, und morgen und übermorgen und jeden Tag?

Ich seh schon – schüttelst den Kopf, hast auch keine Lust. Aber vielleicht zum Chor? Ja? Wann denn, heute oder Donnerstag? Ist dir egal? Na, von mir aus gleich heute.

Wir stimmen an ein Lied von Christian Morgenstern: Km 21

Ein Rabe saß auf einem Meilenstein
und rief Ka – em – zwei – ein,
Ka – em – zwei – ein.
Der Werhund lief vorbei, im Maul ein Bein
der Rabe rief Ka – em – zwei – ein, Ka – em – zwei – ein.
Vorüber zottelte das Zapfenschwein,
der Rabe rief und rief Ka – em – zwei – ein.
„Er ist besessen!" – kam man überein.
„Man führe ihn hinweg von diesem Stein!"
Zwei Hasen brachten ihn zum Kräuterdachs.
Sein Hirn war ganz verstört und weich wie Wachs.
Noch sterbend rief er (denn er starb dort) sein
Ka – em – zwei – ein, Ka – em – Ka – em – zwei – ein.

Was das denn soll, dieses Lied, dieser blöde Text?

Oh, so blöde finde ich den gar nicht. Ich finde ihn eher sehr traurig. Denn mit dem Zapfenschwein bin ich ja wohl gemeint, wie ich so am Leben vorüberzottele. Und, hast du dich auch wiedererkannt?
Ach komm, das ist doch wirklich ganz leicht! Nein, nicht der Werhund, auch nicht der Kräuterdachs, der Rabe bist *du* ja wohl, der Meilenstein dein Leben.
Was auch immer vorbeikam, nichts hat dich rühren und aus deinem Trott bringen können. Tagein tagaus das gleiche; Ka – em – zwei – ein, Ka – em – zwei – ein.

So kann man nicht leben, so kann man nur sterben. Und nun bist du tot und kannst dir aussuchen was du jetzt sein möchtest ... ist das dein ernst? Eine Kellerassel? ... Mensch, paß doch auf wo du hintrittst!

Arme kleine Assel! Nun bist du mausetot und kannst nicht mal mehr weiterlesen. Ja, so schnell kann´s kommen. Ich aber lebe noch. Und würde so gerne lieben und geliebt werden. Und zottele nur so vorbei, am Leben. Ich armes Zapfenschwein!

Und der arme Rabe Km 21 war ein sehr deutscher Rabe. Die allermeisten Deutschen sind ja so, wie dieser Rabe war.
Vielleicht war er sogar europäisch, oder gar menschlich überhaupt. Morgensterns Rabe.
Wirkliche Raben sind ja aber ganz anders, wenn es wahr ist, was mein Freund, die Bombe Gott mir erzählt hat.
Sie lieben und werden geliebt, und kennen den Eisnebel nicht. Und sie alle haben eine Elfe, wenn auch meine Elfe die Wahrheit gesprochen hat. Wäre ich doch nur solch ein wirklicher Rabe! Und kein armes Zapfenschwein!

*   *   *

Wieder Sommer. Ein ganzes Jahr dahin gefröstelt. Mein siebzehntes Lebensjahr dahin! Meine Elfe hat sich längst ganz von mir zurückgezogen. Nur die Sehnsucht nach ihr, ist mir noch Geblieben.
Und die wird auch nicht weniger, wenn ich ihre Stimme höre, im Chor, und die Stimme von Ernst Meißners Elfe und noch zwei, drei andere Elfenstimmen.
Wessen Elfen das wohl sind? Und wenn ich es wüßte; sie würden mich doch nicht beachten, eisnebelerkältet wie ich bin, wo

doch schon meine eigene Elfe nichts mehr von mir wissen will. Und Susans Elfe? Und Susan? Was wollen die mit einem armseligen Zapfenschwein?! Sie würden mich ja nicht einmal mehr wiedererkennen! In England, als ich innendrin tot war, hab ich wenigstens noch rebelliert – mit meiner Zwille – ach Scheiße!

Und jetzt? Ja, das war im Winter, als mir ein Buch in die Hände fiel: „Die weiße Rose" Es erzählt vom Leben und Lieben und Sterben der Sophie Scholl, ihres Bruders und dreier Freunde – in der Eisnebelorkanzeit.

Seltsam; es heißt aber, daß nicht alle Deutschmenschenseelen eingefroren sind, in jener Zeit. Daß, gerade in diesem schrecklichen Orkan, überall im Land, wie zu Wasser, in der Luft und an den Kriegsfronten eine nie zuvor da gewesene Mitmenschlichkeit aufblühte, und daß viele Menschen dabei ihren Elfen begegnet sind, die sie allerdings, so wie ich ja auch, später dann fast alle wieder verloren haben.

Wahrscheinlich sind Sophie, ihr Bruder und die drei Freunde damals auch ihren Elfen begegnet. Sie alle hatten die gleiche Vision; die Menschen im Lande aufzuklären über den in aller Heimlichkeit stattfindenden Holocaust, und den Wahnsinn des Krieges.

Ein Geheimbund entstand. Fünf junge Menschen tauften ihn „Weiße Rose" und gaben ihm das Emblem einer fünfblättrigen Rosenblüte. Damit unterzeichneten sie ihre Flugblätter, in denen sie zum Widerstand gegen die Naziherrschaft aufriefen.

Sophie wähnte sich allein, oben im Treppenhaus der Universität in München, als sie ihre Flugblätter auf die Treppen hinunterfliegen ließ. Der Hausmeister hat Sophie dabei ertappt, und angezeigt.

Der Untersuchungsrichter versuchte Sophie in ihrer Gesinnung umzustimmen, sie vor der Todesstrafe zu bewahren. Doch gelang es ihm nicht. Sie wurde enthauptet.

Dieses Buch, „Die weiße Rose", nahm mich gefangen. Und aus ihm kam Sophie auf mich zu, in mich hinein, mit ihrer Elfe. Sie verwandelten mich.
Ich begann in zwei Welten zu leben. In der alten Welt, als Zapfenschwein, in der neuen, als unsichtbares Phantom mit sechs Augen – vier Menschenaugen und zwei Elfenaugen.

Sophie und ihre Elfe sprachen nicht mit mir. Sie waren irgendwie ich geworden, und wir schauten gemeinsam auf die Welt. Wie sich ein Bär in seine Höhle verkriecht, wenn der Winter kommt, haben wir uns in mich verkrochen. Verborgen und geborgen warteten nun auch wir darauf, daß es Frühling wird.

*   *   *   *

Und der kam mitten im Sommer, und das kam so:
Nein, ich träume nicht. Auch ist mir gar nicht warm an den Füßen. Die Decke ist verrutscht. So, so geht´s wohl, und die ganze Nacht kein Auge zu gekriegt. Mal schlapperts über mir, mal an der Seite; wupp, schlapp, wupp, schlapp. Man schläft schlecht, die erste Nacht im Zelt. Und ich kann´s noch gar nicht glauben, daß ich wirklich hier, hier auf dieser Insel bin!

Als wir gestern Nachmittag an einem warmen Sommersonnentag aus den Bussen stiegen, wehte eine leichte, nach Tang, Schlick, Salz und Fisch duftende Brise vom Meer her über die ruhig in dem kleinen Hafen liegenden Fischkutter, und die dicht aneinandergedrängten Häuser von Neuharlingersiel hinweg, zu uns herüber. Und dort, in der Ferne, mitten im Wattenmeer, lag wie eine schlafende Schlange, in bläulichen Dunst gehüllt, geheimnis- und verheißungsvoll, die Insel Spiekeroog.

Als unsere Fähre an der Insel festmachte, empfingen uns Ernst Meißner und die „Großen" Choraner. In einem weiten Dünental haben sie unser Zeltlager errichtet.
Ausgediente Armeezelte stehen im Halbkreis um eine Sandfläche, über der die Chorfahne weht.
Wir brachten unser Gepäck in die Zelte. Dann stieg ich mit Teddy, Funzel und Erbse (Teddy = gemütlich wie ein Teddybär, Funzel = bescheiden wie ein kleines Licht, Erbse, ihre Stimme ist klein wie eine Erbse) auf eine Düne, schaute in die Runde und sah die Nordsee und das Wattenmeer, die Dünenketten der Insel und unter uns das Zeltlager.

Dann, am Abend, versammelten wir uns, hundert Mädchen und Jungen, auf der Sandfläche zwischen den Zelten, wo Ernst Meißner unsere Stimmen erklingen ließ.
Wie Wellen farbigen Lichts, die zusammenfließen in einen Regenbogen, hörte es sich an. Oder das Klingen schnell fließender Bäche, und des Stromes der sich mit dem wilden Meer vereint, über dem die Windsbraut tanzt und lacht und uns hinausträgt in andere Welten.

Dann, unterm Nachthimmel:

Wie die hohen Sterne kreisen, ewig voller Harmonie
sollen unsres Lebens Weisen, unverwirret sein wie sie
und im großen wie im kleinen, soll der Weltengott erscheinen.

Ergriffen betrachtete ich den Sternenhimmel über mir. Zu Hause! Endlich zu Hause! Sommerwind hatte den Eisnebel verweht! Wie soll ich das sonst beschreiben? Das Gefühl endlich wieder da zu sein?! Und dann, das Lied bei dem wir uns alle die Hände gaben:

Ade nun zur guten Nacht
jetzt wird der Schluß gemacht
daß ich muß scheiden.

Im Sommer da wächst der Klee
im Winter da schneit´s den Schnee
da komm ich wieder.

Es trauern Berg und Tal,
wo ich viel tausend mal
bin drüber gangen.
Das hat deine Schönheit gemacht,
die mich zum Lieben gebracht,
mit großem Verlangen.

Das Brünnlein rinnt und rauscht,
wohl unterm Holderstrauch,
wo wir gesessen.
Wie mancher Glockenschlag,
da Herz bei Herzen lag,
das hast du vergessen!

Die Mädchen in der Welt,
sind falscher als das Geld
mit ihrem Lieben.
Ade zur guten Nacht!
jetzt ist der Schluß gemacht,
daß ich muß scheiden.

Glücklich, zum ersten Mal in diesem Jahr, ging ich in unser Zelt
und legte mich schlafen. Doch die Erlebnisse der ersten Stunden auf dieser Insel wollten nicht schlafen gehen, und die Gedanken daran wie es morgen wohl sein wird erst recht nicht.
Wenn diese Nacht doch nur bald vorbei wäre! Schlapp, wupp,

schlapp. Nach irgendeinem schlapp muß ich doch noch eingeschlafen sein.

Von weither kommt das wupp, schlapp, wupp, schlapp zurück,
läuft zu mir her, stolpert über lautes Gähnen und Möwenschrei,
verirrt sich in verschlafenen Lauten; aaah! Uaaah! Mann, paß
doch auf, das sind meine Füße! Wupp, schlapp, wupp, schlapp.

Dunkelbraun, die schlappende Wand. Morgenlicht fällt durch
den Giebel auf schlaftrunkene Schlafsäcke, Decken und Ge-
sichter von Jungen.
Mit einmal hellwach, kram ich Zahnbürste, Zahnpasta und
Handtuch hervor. Kühle, nach Insel und Meer duftende Morgen-
luft. Bei den Wasserhähnen, neben dem Küchenzelt, spülen
Mädchen und Jungen mit einigen Handvoll Wasser den Schlaf
aus ihren Gesichtern, bürsten die letzten Reste Vegesack aus
ihren Mündern.
Vegesack ist jetzt sooo weit weg. Weiter noch als Dartington
Hall, dessen Geist auch mitgekommen ist, auf diese Insel hier.
In seinem Gepäck hat er nur Freiheit gebracht, keine Verbote.
Oh, jetzt hab ich es fast übersehen das einzige kleine Verbot,
das sich irgendwo versteckt hat. Es lautet: keiner darf alleine
ins Meer.

In den Pfefferminzgeschmack der Zahnpaste mischt sich Scho-
koladenduft. Er kommt aus dem Küchenzelt. Margaret Meißner
rührt dort mit einer Riesenkelle in der Gulaschkanone. Kakao
zum Frühstück! Das gab´s noch nie.
Vor dem Küchenzelt hat sich eine Schlange hungriger Teenager gebildet. Obwohl, die Kleine neben mir, aus dem
Miezenzelt, ist wohl noch keine zehn. Und Horst, der schon
nicht mehr allzu viel Haare auf dem Kopf hat, und zum Kriegs-
ende hin schon als Flakhelfer gedient hatte, ist wohl auch keine
neunzehn mehr. Er gehört zu den „Großen" die im Gammelzelt
wohnen.

Alle Zelte haben einen Namen, und ich habe, so zu sagen, in Haarlem geschlafen. Vor mir nimmt Silke ihren Becher Kakao und Marmeladenbrot in empfang. Sie lächelt mich an, als sie an mir vorbei will. „Warte, ich komm mit!" Silke wartet. Neben dem nächsten Zelt setzen wir uns zu Klaus und Hanna auf den sandigen Boden in die Morgensonne.

Eine so andere Welt! Kakao statt Muckefuck. Marmeladenbrot statt Margarinebrot. Möwenstimmen über uns. Kein lastendes Schweigen über dem Küchentisch. Statt Grisgramgesicht ein Lächeln am Morgen.

Gespenstisch das ganze! Blumenthal hat sich hergeschlichen, riecht nach angebrannter Milch. Und ich dachte es wäre so weit weg! Und senkt sich auf diesen Morgen – droht ihn zu ersticken.

Meine Finger bohren sich in den Grund neben mir, greifen nach der Insel, nach dem hier und jetzt. Eine Hand voll Insel rieselt herab. Sand zu Sand, Erde zu ... „Reinhart, wovon träumst du denn?"
Das war doch nicht meine Elfe? Nein, die ist ja schon so lange weg – Silke sieht mich fragend an. Meergrüne Augen. Und tief dort unten, am Grund ... eine klitzekleine Elfe …
„Hab an zu Hause gedacht."
Silke runzelt die Stirn, sieht mich ungläubig an: „Heimweh?"
„Ach was, mein Vater ist mir nur im Kopf rumgespukt, wie ein Gespenst, brrrrr! Warum mußte ich bloß an ihn denken?!"
„Du wirst ihn schnell vergessen, wenn wir gleich an den Strand gehen, ja?, wollen wir?"

Jetzt schmekt das Marmeladenbrot und der nicht mehr ganz warme Kakao. Und die kleine Elfe, auf dem meergrünen Grund? Ob die mich auch gesehen hat? Und daß ich ohne Elfe bin? Sicher ist sie eingeschlafen. Für mich, den elfenlosen, nicht zu sprechen.

Inzwischen hab ich mich ja damit abgefunden, ohne meine Elfe zu sein. Doch jetzt, wo ich Silkes Elfe für einen winzigen Augenblick gesehen habe, und mich nicht traue sie noch einmal anzusehen, spüre ich eine Sehnsucht nach ihr, und nach meiner Elfe, und einen seltsamen Schmerz. Silke sieht mich fragend an:

„Wovon hast du denn jetzt geträumt?"

„Kann hier nicht darüber sprechen, erzähl ich dir später. Woll'n wir mal zum Strand?"

*

Am Westende der Insel haben wir uns auf der letzten Düne in eine Mulde gelegt, und schauen aufs Meer. Möwen fliegen vorüber, schaukeln auf den Wogen. Auf- und abschwellendes Rauschen der langen Brandung. Helle Vogelstimmen.

„Silke?"

„Ja Reinhart?"

„Ich hab nicht geträumt vorhin, ich hab was Geheimes gesehen."

„Erzähl!"

„Ich trau mich nicht, nachher lachst du mich aus."

„Und wenn ich nicht lache?"

„Glaubst du – daß es Elfen gibt?"

Silke schaut schweigend übers Meer, und ich glaube, daß es sie jetzt ist, die da träumt. Nun trau ich mich erst recht nicht mehr, und flüster nur: „Ich hab eine ganz kleine Elfe gesehen", und ganz leise: „in deinen Augen."

Langsam wendet Silke mir ihr Gesicht zu. Ich trau mich gar nichts mehr, schau auf den Sand vor mir, und fühle einen langen zarten Kuß auf meiner Wange.

Es ist, als ob die Düne, der Himmel, die Insel sich drehen und ich ins Bodenlose falle ... und mitten aus diesem Chaos schaut mich ein vertrautes Gesicht an: das Gesicht meiner Elfe!, und fragt: „Hey, Reinhart, wo warst du denn die ganze Zeit?"

Meine Elfe weiß doch alles, auch daß ich die ganze Zeit im Eisnebel gefangen war!
„In den Hintern beißen könnte ich dich!"
„Geschähe mir ja nur ganz recht. Aua!"

Da steht sie nun vor uns, und reibt sich die Backe, und Tränen glitzern im Sonnenlicht.
Silke rührt sich nicht. Schaut meine Elfe nur mit großen Augen an. Und ich, etwas kleinlaut; „Und ich dachte, du wärst nicht von dieser Welt."
„War ich ja auch nicht, bis ... aua tut das weh!"
Zaghaft nehmen meine Lippen eine Träne von ihrem Gesicht. Tatsächlich, schmeckt salzig. Was hab ich nur gemacht?!

„Liebe Elfe, kann ich ..."
„Ja, du kannst mich zurückverwandeln in deine Elfe, wenn du mich dahin küßt, wo es so weh tut. Da kommen meine Tränen aber nicht her, es ist, weil du gezaubert hast."
„Wenn du dich umdrehst kann ich es ja versuchen."
„Nein, noch nicht, wo ich schon mal ... das eilt jetzt nicht ... laß mich erst noch eine Weile sterblich sein."

„Ihr macht ja Sachen!" Silkes Elfe reckt und streckt sich und lächelt mich und meine Elfe an. In ihren grünen Augen schimmert ins Meer rieselndes Mondlicht. Sie ist so ... ich möchte sie umarmen, ihr ganz nah sein. Doch eine seltsame Scheu ...

Zartes Schmetterlingsbeben auf meiner Stirn, Vogelschwingen umfangen mich, grüne Augen, das Gesicht von Silkes Elfe, ganz nah, auf ihren Lippen Schmetterlingsflügelglanz. Federn bedecken ihre Gestalt. „Wenn du dich schon nicht traust ... " Mit ihrem Federfinger malt sie ein Komma auf meine Nasenspitze. Dann einen Punkt. Ein Windstoß ... Federn fliegen, wirbeln auf und treiben als Schäfchenwolke mit Silkes Elfe übers Meer.

„Reinhart, Silke, was soll ich nur machen, wo mich nun ja jeder sehen Kann?"
„Wenn Silkes Elfe noch hier wäre, könnte sie dir vielleicht was zum anziehen zaubern. Wo mag sie nur hin sein?"
Meine Elfe schaut dem fernen Schäfchenwölkchen nach und meint: „Sie wird dem Vogel, der sie ihr geliehen hat, seine Federn wiederbringen."

„Was machen wir denn nun? Soll ich dich nicht doch ... das ist ja ganz rot da hinten!"
Silke kramt in ihrer Rocktasche, zieht ein blaues Stoffband hervor, legt es um die Taille meiner Elfe, bindet die Enden in einer Schleife zusammen und meint: „Wenn wir da noch Seegrasbüschel reinhängen, kann das ein schöner Rock werden."

Es ist allerdings leichter gesagt als getan. Zum Glück hab ich mein Taschenmesser dabei. Mühsam dringt die Schneide durch die zähen Graswurzeln. Mal sehn, was das wird.
Meine Elfe, die von praktischen Dingen keine Ahnung hat, läßt alles einfach geschehen. Hilflos steht sie da, oben auf der Düne. Klein und zart wie ein Kind, kommt sie mir jetzt vor, das eben erst angekommen ist, in dieser Welt. Und das ist sie ja auch wirklich.
Silke und ich legen unsere Seegrasbüschel neben ihr auf den Sand und ich frage sie: „Wo du nun doch eigentlich ein Menschenkind geworden bist, könnten wir da nicht Elfi zu dir sagen, bis du wieder meine Elfe bist?"
„Elfi paßt vielleicht zu mir, wo ich mich, ich weiß nicht recht, fühle so als kleiner Mensch."

Nun versuchen Silke und ich ihr Grasbüschel über das Band um ihrer Taille zu hängen. Die dunkelgrünen Halme enden alle in harten dünnen Spitzen.

So vorsichtig wir auch sind, Elfi zuckt immer wieder zusammen und verzieht ihr Gesicht, wenn eine dieser Spitzen sie pikst und auf ihre Haut kleine rote Pünktchen tupft.

„Es fängt ja gut an sterblich zu sein." seufzt Elfi und streichelt ihren Pikserock, als er endlich fertig ist.

„Gefällt er dir denn?" fragt Silke unsicher, wegen der roten Tupfer auf ihrer Haut.

„Ich hab ja noch nie was angehabt. Es fühlt sich irgendwie verrückt an. Es pikst und streichelt, und wenn ich mal muß? Ich weiß ja nicht mal wie das geht!"

Silke sieht Elfi zuversichtlich an; „Das kann jeder, geht ganz von allein, geht aber erst, wenn du was gegessen und getrunken hast."

„Oh ist sterblich sein schrecklich schön. Irdische Speisen soll ich wohl auch noch zu mir nehmen?!"

„Das sollst du gar nicht, aber dein Magen wird es dir befehlen."

„Was hat der mir denn zu sagen?!"

„Wart´s nur ab was dein Magen sagt, wenn Margaret den Eintopf gekocht hat, und uns sein Duft in die Nase steigt. Margarets Eintopf riecht und schmeckt ja sooo gut!"

Auf dem Weg zum Zeltlager haben Silke und ich Elfi wie ein kleines Kind an die Hand genommen. Dann habe ich sie huckepack getragen. Unbarmherzig hatten die Grasspitzen zugestochen, bei jedem Schritt den Elfi machte. Sie verzog keine Mine mehr, bemüht sich in ihr neues Dasein als Irdische einzuleben. Eben noch fast allmächtig und unverwundbar, ist sie nun wie ein Kind das ganz auf Silke und mich angewiesen ist.

„Wir müssen für Elfi was zum Anziehn auftreiben." meint Silke, als wir das Zeltlager erreichen. „Wir sollten uns mal im Miezenzelt umsehen."

Das Miezenzelt, in dem die jüngsten Mädchen schlafen, ist etwas kleiner als die anderen Zelte, und doppelt so lang.

Susanne und Sylvia sind die einzigen Mädchen die gerade im Zelt sind, und Sylvia fragt Elfi gleich: „Wo hast du denn den zauberhaften Rock her?"

„Den haben Silke und Reinhart mir gemacht, ich hatte ja nichts an."

„Wo sind denn deine Anziehsachen abgeblieben?"

„Ich hatte ja noch nie welche, dieser Pikserock ist meine allererste Kleidung."

Sylvia lacht sie verschmitzt an. „Das kannst du deiner Großmutter erzählen, wie heißt du eigentlich, Kleine?"

„Elfi, aber auch erst seit vorhin, und eine Großmutter hab ich auch noch nie gehabt." Susanne sieht Elfi in die Augen. Sollte sie, kann das denn sein?

„Du bist doch wohl keine Elfe gewesen, und gerade erst ein Mensch geworden?"

„Doch, ich war immer eine Elfe, bis vorhin, da bin ich irdisch geworden."

„Wessen Elfe bist du denn gewesen, und wer hat dich denn verwandelt?"

„Bis vorhin war ich noch Reinharts Elfe. Da hab ich mich, was ja eigentlich ganz unelfisch ist, über ihn lustig gemacht. Drum hat er mich gebissen und in eine Irdische verwandelt." dabei teilt sie ihren Rock, zeigt ihre rote Stelle und gniggert, um eine Unschuldsmine bemüht.

Wir alle fangen an zu lachen und keiner weiß warum, außer Elfi: „Es ist ja so komisch eine Irdische zu sein. Da muß ich ja essen, und trinken, und pinkeln, und wer weiß was alles noch!"„Und in die Schule gehen", prustet Sylvia heraus „und Sonntags in die Kirche!"

Endlich vergeht Elfi das Lachen. „Das mach ich nicht mit! Ich will ja nicht noch sterblicher werden, als ich so schon bin. Zum Glück kann Reinhart ja zaubern, mit seinen Zähnen und seinen Lippen. Er braucht mich nur auf den roten Fleck zu küssen, schon bin ich wieder seine Elfe, und muß in keine Schule oder Kirche gehen."

Susanne sieht Elfi mit einem warmen Lächeln an; „Bleib doch bei uns. Hier ist keine Schule und Kirche, hier ist es einfach nur schön. Und ... " Elfi sieht Susanne in die Augen und sagt: „In dir wohnt ja auch eine Elfe, aber ich sehe sie nicht – ob das wohl kommt, weil ich so irdisch geworden bin daß ich deine Elfe nicht mehr sehen kann?" „Bestimmt nicht!, meine Elfe ist jetzt ja auch gar nicht bei mir, fliegt mit Sylvias Elfe und den Möwen übers Meer ... mmm!"
Susannes Nase schnuppert in die Luft. „Mamas Eintopf ist fertig!" Ihr Blick fällt auf Elfis Seegrasrock. „Soll ich dir eine Hose und Pully suchen? Ja? Wo steckt er denn, ah, hier, ganz unten drunter, hab ihn – und hier die Hose, könnte passen, möchtest du das anprobieren?"
„Oh, aber wie krieg ich den Pikserock denn wieder ab?"
„Das geht nur mit Erdenzauber." lächelt Susanne ihr zu.
„Erdenzauber? Wie geht denn das?"
„Zieh einfach an den Enden von dem blauen Band."
Erst zögert Elfi zweifelnd ... dann fällt der Rock einfach von ihr ab, und bleibt als Grashäufchen neben ihr liegen.

Sie weiß es wirklich nicht! Tausendmal war sie dabei als ich mich an- und ausgezogen habe, hat es aber wohl einfach nicht gesehen. Da steht sie nun, in einer Hand den Pully, die Hose in der anderen und weiß nicht was sie damit machen soll. Bekümmert sieht sie Susanne an: „Erdenzaubern?"
„Ja, erdenzaubern. Gib mir mal die Hose, ich zeig dir wie das geht. Steck deinen linken Fuß, ja den, in dieses Hosenbein, ja, richtig, aber ganz nach unten, so, und nun den rechten, fall aber nicht um Mädchen, und die Hose hoch, den Knopf ins Knopfloch, hier, den Gürtel durch die Schnalle und der Reißverschluß, sssip, fertig!"

Elfi sagt nichts. „Nun der Pully. Da geht es genauso, nur andersrum. Diese Hand hoch und durch den Ärmel, die andere auch und nun dein Kopf, durch, richtig, auch fertig!"
Susanne lächelt, Elfi lächelt zurück, bewegt ihre Lippen als ob sie was sagen will und fühlt wie Susannes Lippen ihre Stirn berühren. Wie ein duftendes Blütenblatt fühlt es sich an. „Erdenzauber" sagt sie leise. „Nein, das ist Elfizauber", flüstert Susanne ihr ins Ohr, und einen Klitzekleinen Kuß.

Am Zeltplatz sitzen Mädchen und Jungen auf dem Sandboden in großen und kleinen Gruppen beisammen und löffeln ihren Eintopf. Verwaist steht die Gulaschkanone im Küchenzelt. Auf dem Boden des Riesentopfes ist für uns noch ein Rest übriggeblieben. Jeder nimmt einen Löffel aus der Lade, einen Teller vom Bord und füllt ihn mit einer Kelle dampfender Suppe.
„Ich seh schon, Elfi weiß wieder nicht wie das geht. Hier, nimm du unsere Löffel, die Teller nehm ich lieber, das Essen ist nämlich noch heiß."
„Was ist heiß, Reinhart?"
„Wenn Essen heiß ist, kann es tüchtig beißen, und rote Flecken machen."
Elfi schüttelt den Kopf, kann das wohl nicht begreifen und meint: „Der Nebel, der aus dem Essen kommt, riecht ja ganz gut. Wenn das Essen aber beißt?!"
„Du mußt es nur richtig machen, dann beißt es ja nicht."

Zu Silke, Susanne und Sylvia haben sich Teddy und zwei kleine Miezen gesetzt. Ob das wohl gutgeht? Ach, was kann schon passieren?!

Teddy hat einen Zweitagebart. „Du mußt dich mal rasieren!" meint eine der Miezen, und läßt ihre Finger über die Stoppeln gleiten.
„Ich hab Ferien, und keine Lust." sagt er mit breitem Grinsen.

„Ich wüßte zu gern wie sich rasieren anfühlt, aber bei mir wächst ja kein Bart." „Kannst mich ja mal rasieren." lacht Teddy sie an.

„Abgemacht!" lacht sie zurück und stupst die andere Mieze an. „Bist du dabei?" „Na klar!" kichert sie vergnügt. „Das wird ein Spaß!"

Elfi hat sich mit mir neben Silke auf den Boden gesetzt. „Hier, nimm deinen Teller erstmal auf den Schoß, nein, gerade halten, die Suppe läuft doch gleich runter, nein, die andere Seite höher! Ja, so!"

Aller Augen sind auf Elfi und ihren Teller gerichtet. Unsere Freundinnen sind ja eingeweiht. Was Teddy und seine Miezen denken, ist jetzt auch egal.

„So, Elfi, jetzt nimmst du etwas Essen mit dem Löffel und hältst es erstmal vor deinen Mund."

Elfi gibt sich große Mühe. Aber nicht nur daß alles aus dem schräg gehaltenen Löffel zurück in den Teller pladdert, der hat sich auch wieder soweit geneigt, daß die Suppe über den Rand zu schwappen droht.

„Gib mir den Löffel lieber und halt den Teller wieder gerade."

Elfi sieht mich bekümmert an. „Ich kann das einfach nicht! Wollen wir mich nicht lieber ... "

„Nein, jetzt wollen wir erst mal was essen. Sieh her, so mußt du den Löffel halten – nein, nicht gleich in den Mund, das Essen ist doch noch heiß, und will beißen! Du mußt erst pusten, und allen Nebel vom Essen blasen. Der Nebel nimmt dann das heiße mit, daß das Essen nicht mehr beißen kann."

Teddy und die Miezen sind mäuschenstill. Daß ihnen ihre Augen bloß nicht aus dem Gesicht fallen!

Zögernd öffnet Elfi nun ihren Mund, nimmt den Eintopf vom Löffel auf und ... schluckt ihn runter. „Mmm! Das schmeckt ja so gut, wie der Nebel riecht! Bitte noch ein Löffel!"

„Hier. Du mußt das Essen aber erst kauen und dann runterschlucken, dann schmeckt es noch besser!" Mit vollem Mund kaut sie jetzt, als ob sie in die Speise hineinhorcht. Dann erst schluckt sie alles runter und sagt: „Es schmeckt ja sooo gut, bitte noch ein Löffel!"

Als ich Elfi gefüttert habe, und ihr den Teller vom Schoß nehme, gniggern die Miezen verlegen, und Teddy sagt nur: „Wo kann´t blos angohn?!"
Ich lache ihn an: „Ja, da staunst du wohl, daß Elfi noch gefüttert wird." Und Susanne gibt ihm zu bedenken; „Du hast auch nicht gleich selber essen können, und Elfi ist ja erst ein paar Stunden in dieser Welt."
„Und ich bin der Liebe Gott, und seh doch, daß Elfi Elfi, und schon ganz schön groß ist."
Susanne legt sich auf den Bauch, stützt ihre Ellbogen auf den Sandboden, ihr Kinn in ihre Hände und schaut Gott spöttisch an: „Wenn du der Liebe Gott wärst, würdest du auch wissen wer Elfi wirklich ist."

Nun ist Teddy neugierig geworden, denn er weiß jetzt daß er was nicht weiß. Susanne fragen? So wie die ihn ansieht? Nein, so dumm ist Teddy nicht! Aber Elfi. Ja Elfi, die schaut so unschuldig in die Welt, und wird ihm keine Märchen erzählen.
„Elfi, sag mir doch, wer bist du wirklich?"

Elfi sieht Teddy bedauernd an: „Wenn ich es dir sagen würde, würdest du es doch nicht wissen." und leise fügt sie hinzu: „Tief verborgen in dir selbst, liegt die Antwort auf deine Frage."
„Und du bist wirklich erst ein paar Stunden in dieser Welt?"
„Ja, ein Erdenzauber hat mich hierher gebracht."
Nun kriecht ein leichtes schauern über Teddys Rücken bei der Vorstellung; „So wie du aussiehst .., könntest du glatt eine Elfe gewesen sein!?"

„Eine Elfe? Was ist denn eine Elfe?"

Verlegen betrachtet Teddy ein Büschel spärlicher Grashalme vor seinen Füßen und sagt, wie zu sich selbst: „Einmal, im Traum, war da wohl eine Elfe. Wie Glück und Sehnsucht sah sie aus."

Elfi strahlt ihn an. „Das wird wohl deine Elfe gewesen sein, die darauf wartet, daß du sie endlich siehst, und mit ihr sprichst."

Ungläubig staunt Teddy das kleine Mädchen an. „Du meinst, die Elfe aus dem Traum, die gibt es wirklich?"

Jetzt ist es Elfi, die staunt; „Glaubst du denn wirklich, du kannst etwas träumen, was es gar nicht gibt?" und zu sich selbst sagt sie traurig; „Wahrheit und Wirklichkeit sind ja wie Feuer und Wasser, wobei Wasser die meisten Feuer ertränkt, und es nur selten geschieht, daß Feuer Wasser zum kochen Bringt."

Nachdenklich wiederholt Teddy Elfis Worte: „Tief verborgen in dir selbst liegt die Antwort ... eine Elfe die mir im Traum erschien, und darauf wartet, daß ich sie endlich seh, und mit ihr spreche? Tief in mir verborgen, eine Elfe?"

Mäuschenstill haben die beiden Miezen zugehört. Jetzt sagt Babs, die mit den lustigen Augen und kurzen Haaren, zu Elfi: „Manchmal, wenn wir zusammen singen, ist es, als wenn tief in mir drinnen etwas aufwacht und mit uns singt." und Ina, die mit den verträumten Augen, meint: „Das ist auch bei mir. Es kommt aus dem singen, und von ganz weit her. Ob das vielleicht auch eine Elfe ist?"

Elfi überlegt nicht lange. „Gewiß sind es eure Elfen. Und vielleicht könnt ihr sie bald sogar sehen, und mit ihnen sprechen."

Die beiden Miezen strahlen Elfi an, und Babs fragt sie: „Und du bist wirklich eine Elfe?"

„Jetzt bin ich irdisch, und keine Elfe mehr. Als Elfe wäre ich ja unsichtbar, für alle Menschen, die ihrer Elfe noch nicht begegnet sind. Jetzt kann mich doch jeder sehen."

„Hast du denn als Elfe auch so ausgesehen wie jetzt, wie ein Mensch?"

„Natürlich. Menschenelfen sehen aus wie Menschen, Baumelfen wie Bäume und Krähenelfen wie Krähen. Sie können sich aber auch einfach so verwandeln, und tun es gerne, besonders in Blumen und Schmetterlinge, oder Wasser."

„Wasser", sagt Silke, „baden. In den Wattwiesen sind Priele. Wollen wir?!"

Vom Fuße der Dünen reicht das breite grüne Band der Wiesen bis ans schlickige Watt. Aus dem Himmel über uns klingt der Jubelgesang einer Lerche. Gras und Kräuter unter bloßen Füßen. Eingebettet in tonige Ufer, das klare Wasser eines Priels.

Elfi setzt sich dort, und läßt ihre Beine ins Wasser baumeln. Silke zieht ihren Rock hoch, setzt sich zu ihr und schüttelt den Kopf: „Aber Elfi, deine Hose wird ja ganz naß!"
Elfi hebt ihre Beine aus dem Wasser, befühlt die nassen Hosenbeine: „Erdenzauber?" fragt sie verwundert. „Ja, auch Erdenzauber." stimmt Silke ihr zu. „Alles ausziehen, sonst wird alles ganz naß, und ekelig kalt, wenn du angezogen ins Wasser gehst. Es gibt ja so viel Erdenzauber, daß es ewig dauert, bis man nur die hälfte davon verstanden hat."
Elfi sieht Silke erwartungsvoll an: „Hilfst du mir beim ausziehen?!"

Sonnenwarm ist das Wasser im Priel. Elfi ist als erste drin, taucht unter und etwas weiter wieder auf und lacht, und sagt: „Ratet mal, was ich gesehen hab!"
Sylvia, die mit ihrem großen Zeh das Wasser prüft, meint: „Ein Seestern?" Elfi schüttelt den Kopf. Susanne versucht es mit einem Krebs und ich mit einem Fisch. Alles danebe! Nur Silke kommt der Sache schon näher: „Eine kleine Nixe vielleicht?"
„Beinahe!" sagt Elfi, lächelt und taucht wieder unter. Mit einem Kopfsprung ist Silke ihr gefolgt. Hell schimmern ihre Gestalten über graubraunem Grund.
Was machen die denn? Ist da noch jemand?, mit dem sie sich unterhalten?

Es ist ein Gefühl, ich weiß nicht wie ich es beschreiben soll, wenn ich ins Wasser steige, es sich an mir hochtastet, über meinen Bauch und meine Brust aufsteigt bis es mich trägt. Eintauchen aus der Luft- in die Wasserwelt. Und dann ... einschweben in die Unterwasserwelt.

Wie eine Traumwelt umschließt die Wasserwelt die Erde. Und in einem ihrer kleinen Wasserarme, mit all dem verbunden, mit Elfi und Silke und ... jetzt seh ich sie ... Silkes Elfe ist wieder da.

Was ist denn aber das? Eins, zwei, drei, vier – doch Nixen – über mir? Oder sind es doch nur zwei?
Hat das Sonnenlicht, das durch bewegtes Wasser unruhig flackernd zu mir herabgeistert, mich getäuscht? Oder hat wieder jemand gezaubert? Jetzt sind im Wasser über mir nur noch Susanne und Sylvia zu sehen.

„Unsere Elfen waren eben da", verkündet Sylvia. „haben nur hallo gesagt, und sich gleich wieder in Wasser verwandelt."

Ist da ein Krebs? Mich hat doch eben was in den Zeh gekniffen, und jetzt hinten und jetzt ... sag ich nicht, greif aber schnell dahin ... nichts! Jetzt kitzelt mich doch was unter den Füßen, jetzt unter den Armen, da, wo ich so schrecklich kitzelig bin, und mir ist, als wenn da jemand lacht, lautlos lacht, zwei jemande sogar! Natürlich! Wasserelfen sind's, und die, die mich wohin gezwickt hat, wird wohl Sylvias Elfe sein, das hab ich so im Gefühl.
„Na?" lacht Sylvia. „Haben sie dich begrüßt?"
Nun muß ich auch lachen; „Das sind aber kleine Schelme, und besonders deine Elfe, ganz schön frech!"
„So? Was hat sie denn gemacht?"
„Sie hat mich wo hin gezwickt."

„Oh! Sie kennt ja alle meine Gedanken, und weiß natürlich auch, was du mit deiner Elfe gemacht hast. Kannst froh sein, daß sie dich nur gezwickt und nicht gebissen hat."

Und jetzt? Sieh mal einer an! Hat sich doch wohl nicht in eine Fliege verwandelt?

       und
          eilt
              hin
          und
     her
    auf
      dem
        Papier
           tap
              tap
                 tap   tap
                     tap
                      tap
                    und
                raubt
             mir
          meine
     Gedanken
  daß
     Ich nicht mehr
        weiter
          schreiben kann
      oh,
        nun
          sind
             sie alle weg..................
     ....
  ....
           ......

Kann passieren. Ist allerdings, angesichts der Endlichkeit unseres Seins, ein gewaltiges Wunder, dieses winzige Flugzeug, das auch noch eine Seele, und wer weiß, was für eine Seele hat.

Hat doch keine Seele? Das weißt du?! Warst mal eine Fliege?, daß du das wissen kannst?! ...

*

Auch wenn keiner weiß warum, es sind drei Dinge, die jetzt unsere Beachtung finden: Ein Fußball, das Tor zwischen zwei Zelten, in das der Fußball hinein gerollt ist, und das kleine Holzhäuschen mit dem ausgesägten Herzen in der Tür, und dem Donnerbalken innendrin. Das steht abseits, weil´s da stinkt.

So, nun haben wir´s, aber noch nicht ganz; der „Donnerbalken" ist gar kein Balken, er ist ein Sitzbrett, mit nur einem Loch, in das mein Kopf bequem reinpassen würde, weil für zwei oder drei Löcher kein Platz ist. In Norwegen ist das anders. Da ist Platz für mehrere Löcher, so daß man nicht anstehen braucht, und da auch nicht einsam und verlassen sitzen muß. In diesem Häuschen aber ist eben nur ein Loch, mit einer Kuhle drunter, aus der es stinkt.

„Wer wohnt denn da?" fragt Elfi mich, als wir an dem Häuschen vorbei wollen.
„Auch eine Art Erdenzauber. Wenn man pinkeln und kacken muß, geht das da ganz gut."
Elfi bleibt stehen, legt eine Hand auf ihren Bauch und sieht mich betreten an. „Ich weiß nicht, mein Bauch ist irgendwie so schwer als ob da was raus will. Und drückt und ... "
„Da hilft nur der Plumpsklo Erdenzauber. Ich zeig dir mal, wie das geht. So. Tür auf, Hose runter, Pully kann an bleiben, auf das Loch setzen und warten was passiert."

Erst passiert ne ganze Weile nichts, und dann ... „da kommt ja überall was raus, und tut so gut, und drückt auch nicht mehr so im Bauch! Das ist ja ein sooo guter Erdenzauber! Schade, daß der schon wieder vorbei ist! Ist das zum was drauf schreiben, das Papier da auf der Rolle?"

„Nein, das ist zum abwischen, für hinten und auch vorne."

„Zeigst du mir?"

„Steig erst mal runter. So, vorne abgetrocknet. Nun bücken! Hier, war noch ganz bisschen dran, ist jetzt aber sauber, kannst dich wieder anziehen."

Elfi schafft es tatsächlich, ihre Hose hochzuziehen, und sogar den Reißverschluß, aber der Knopf will nicht durchs Loch, da steckt immer einer ihrer Finger drin. Ich will ja nicht über sie lachen. Sie hat's ja so schon schwer genug.

„Nein, Elfi, Daumen und Zeigefinger nicht ins Loch, hinter den Knopf, dann geht der besser ins Loch. So, ja, bald kannst du das alleine."

*

Teddy und seine Miezen haben dicht gehalten, kein Sterbenswörtchen über Elfi. Hätte ihnen ja auch keiner geglaubt. Und bei hundert Mädchen fällt es auch nicht auf, daß noch eins dazugekommen ist.

Zum Abendessen sitzen wir wieder beisammen am Miezenzelt. Teddy zwischen seinen kleinen Freundinnen, Babs und Ina, frisch rasiert. Susanne und Sylvia, ohne ihre Elfen. Die sind wohl noch im Priel unterwegs. Elfi neben Silke. Und ich? Auf der Düne bei den Schmetterlingen? Oder hier, irgendwo zwischen Elfi und Silke und deren Elfe?

*

So viel erlebt!
Ende der Eisnebelzeit!

Eben noch tot! Na gut; Seelenwinterschlaf. Und jetzt ... wenn ich das so genau wüßte!

Also, mal ganz langsam; mein Es, sowas wie mein Unterbewußtsein, mein wahres Ich also, vorhin noch als Elfe unterwegs, dann materialisiert, unterhält sich mit Silke als wäre nichts gewesen.

Aber das geht ja gar nicht! Und dennoch, ich seh´s ja, wie Elfi, mein gewesenes Ich (Es), zwischen mir und Silke sitzt und mit ihr spricht! Oh hätte ich sie doch bloß nicht wohin gebissen! Und alles durcheinander gebracht!

Ihr geht es ja wirklich gut, als Irdische, aber wie geht es mir?, wo ich nicht mal mehr weiß wer ich bin?!
Und Silkes Elfe, die mich fragt, ob ich möchte daß sie auch ein wenig in mir ist, wo ich nun keine Elfe mehr habe, macht es auch nicht gerade einfacher. Im Gegenteil. Steig nun erst recht nicht mehr durch mich durch!

Was ist denn aber passiert? Ist Silkes Elfe etwa schon in mir drin? Silkes wahres Ich?

Zauberei! Bin nicht mehr nur ich. Bin auch Silke geworden. Wie sich das anfühlt? Wie wenn ein Rotkehlchen in mir singt. Wie die vielen bunten Fähnchen, die an Schnüren im warmen Lufthauch taumelnd, die Giebel der Zelte miteinander verbinden. Und auch wie damals bei Susan auf dem daffodil-hill.

Das ist aber alles ganz geheim! Und seltsam! Wo ich nun auch Silke, und ihre Elfe bin, und in Silkes meergrüne Augen schaue … da seh ich mich … und bin, einen kurzen langen Augenblick … eine Nixe ... dann ist nichts mehr wie es vorher war …

„Reinhart?"
Bin ich denn noch nicht eingeschlafen? Elfi ist doch mit Silke und den anderen ins Miezenzelt, und ich hab wieder lange wach gelegen eh ich endlich ...
„Reinhart, siehst du mich denn nicht? Ich bin doch jetzt auch *deine* Elfe."
„Silke, eh ... Elfe, ich schlaf doch gerade."
„Das macht nichts, schlaf ruhig weiter, und laß uns eine Traumreise machen."

Monotones Brummen. Fenster in Aluminiumrahmen. Zwei Männer in dunklen Pelzjacken vor spärlich beleuchteten Armaturen. Eine Handschuhhand ruht auf dem Kopf des Steuerknüppels. Über uns der Vollmond im Sternenhimmel. Tief dort unten sein Glitzern im Meer. Lichterblinzeln eines Schiffes – in der Ferne, dort wo das Meer zu ende ist, helle Küste vor dunklem Land.
Unheimlich, unwirklich – diese Nacht in der dunkle Bomberleiber hängen – über die Mondlicht tastet, geisterhaft irrlichternd bis weit voraus.
Unaufhaltsam kommt es auf uns zu, das Land, gleitet unter uns dahin. Dunkle Windungen eines Flusses. Mondschimmer huscht über sie hinweg.

Der Mann am Steuerknüppel wendet sein Gesicht dem anderen zu. Es ist nicht zu erkennen. Nur ein Schatten vor dem Sternenhimmel.

Seine Stimme übertönt das Brummen: „Scheiße! Da ist die Themse ja schon! Joseph, gleich sind wir über Coventry – mag nicht daran denken!"

„Ich auch nicht Klaus! Die schlafen doch alle und ahnen nicht mal, daß gleich die Hölle losgeht. Is nicht zu fassen; Bomben auf alte Menschen, Frauen und Kinder! Da is was ganz verkehrt, da stimmt was überhaupt nicht mehr! Und wir stecken da mitten drin. Und können nicht mehr raus!"

Im fahlen Mond- und Sternenlicht, die Dächer der Häuser dort unten. Straßen und Hinterhöfe liegen in Schatten aus denen plötzlich rotglühende Feuerbälle aufblitzen, in schneller Folge, überall.

Silkes Elfe stupst mich an. „Komm Reinhart, laß uns mal da runter." erschrocken seh ich sie an. „Dann sterben wir doch auch!" „Ach was, das ist doch alles lange her!"

Und nun sehen wir sie rennen, auf der Straße zwischen den Brennenden Häusern – die Kinder, in Nachthemden und Pyjamas.
Ein kleines Mädchen hat nur Strümpfe an. Dort, wo sie rennt, reißt die Straße auf. Donnerndes Krachen hat ihren Schrei verschluckt. Ungläubig starr ich da hin, wo die Kleine eben noch rannte.
Jemand zupft mich am Ärmel. „Das ist doch alles lange her, Reinhart. Jetzt möchte ich mich in dich kuscheln und einfach weiterschlafen, und träumen, und dir erzählen, daß ich mal die Elfe von dem kleinen Mädchen war."

*

Der neue Tag – wie immer; zum Frühstück beisammen am Miezenzelt. Und wieder am grübeln darüber, wer ich wohl bin.

Und diesmal ist es Elfi die mich fragt, wovon ich denn träume. Leise, daß es sonst keiner hört, flüster ich Elfi ins Ohr: „Ich weiß einfach nicht mehr wer ich bin, Elfi. Bin ich noch du, oder Silke, oder ihre Elfe oder alle zusammen?" „Alle zusammen." flüstert mir Elfi lächelnd ins Ohr. „Und schau mal wie Silke dich ansieht."

Sie sieht mich an, wie in Gedanken, scheint dabei ganz woanders zu sein. „Silke, wovon träumst du denn jetzt?" frage ich sie vorsichtig. Sie blickt um sich, schaut mich an als hüte sie ein Geheimnis, nickt mir zu und flüstert: „Später!"

Silke, ihre Elfe, Elfi und ich liegen auf unserer Düne und schauen aufs Meer. Silke scheint noch über die Meereskim hinauszuschauen als sie sagt: „Als Elfi die Nacht bei mir war, und meine Elfe bei dir, hatte ich das Gefühl, Elfi und du zu sein. Es war wunderschön."

„Und ich bin jetzt noch Elfi, deine Elfe und du … kann es sein, daß deine Elfe uns verzaubert hat?!"

*

Irgendwer muß gezaubert haben, oder hat Elfi heimlich geübt? Ihren Eintopf hat sie heute Mittag jedenfalls mehr schlecht als recht, und mit nur leichten Verbrennungen an Mund und Lippen, ohne meine Hilfe aufgegessen. Danach hat sie auch noch beim Abwasch geholfen, und nicht einen Teller fallen lassen. Nur ein Küchenmesser, das sie in den Daumen gestochen hatte. Das ist aber heil geblieben, und Elfi ist um die Erfahrung eines schmerzhaft blutigen Erdenzaubers reicher geworden. Natürlich hat sie den Daumen gleich in ihren Mund gesteckt, und gemeint daß sie ja ganz gut schmeckt.

Später, am Nachmittag, sind wir über den Strand in die aufspritzende Brandung gelaufen, raus geschwommen, haben uns auf den Rücken gelegt, in den tiefblauen Himmel geschaut und uns von der Dünung wiegen lassen. Dabei war ich glücklich, der, egal wer, zu sein, der ich gerade war.

Und jetzt ... es dämmert schon ... sitzen wir, der ganze Chor, dicht aneinandergedrängt im Halbkreis in unserem Zelt. Vor uns Gabi, ein Buch in der Hand.
Neben ihr, auf einem Koffer, eine Kerze, deren flackerndes Flämmchen sein unruhiges Licht auf die aufgeschlagenen Seiten des Buches wirft.
Gabis Stimme, sonor, sanft ... ein U Boot liegt auf der Lauer ... sonor und sanft wie Unterwasserwellen, die man nur hört, nicht sieht.
Und dann ... der Rabe ... menschengroß, spricht mit der kleinen Bauerntochter Elisabeth und ihren Eltern die das Klavier in den Wald schleppen zu den anderen großen Raben die aber stumm sind, nicht einmal krächzen. Eines Tages sind alle Raben wie vom Erdboden verschluckt und verschwunden. Nur einer bleibt allein zurück: die beglückendbedrückende Erscheinung aus einer anderen Welt in der man kein Gedächtnis braucht um sich an seinen Ursprung zu erinnern, in der die Ewigkeit so lange dauert wie die Zeit zwischen Ruf und Echo. Die Bauersleute sind Glücklich seit der Rabe bei ihnen lebt und ihre Menschensprache lernt. Nur Elisabeth zu sagen gelingt ihm nicht. Das Eli bleibt in seinem großen schwarzen Schnabel hängen so, daß er nur Sabeth zu seiner kleinen Freundin sagen kann die ihn dann auch Sabeth nennt. Nun könnten sich die beiden denn auch fragen wer sie sind; Sabeth oder Sabeth? Doch tuen sie das nicht, denn sie lieben sich und sind womöglich beides. Als der Rabe sprechen lernte bekam er ein Gedächtnis und vergaß nach und nach was er in seiner Rabenwelt erlebt hatte. Darüber ist Sabeth unendlich traurig. Er fühlt sich als Ausgestoßener aus seiner Welt und sehnt sich danach in sie zurückzukehren.
Tiefe Stille, nicht das leiseste Rascheln. Nur ganz manchmal ein zaghaftes Wupp, Schlapp aus dem Dunkel, ein flüchtiges Flackern des Kerzenlichtes dessen Widerschein in unseren Au-

gen glimmert. Und, Silkes Hand in meiner Hand und Elfis Hand in der anderen und Elisabeths Hände an des Raben Flügeln die sie tragen über die Felder aufwärts in die Nacht. Dunkelblau leuchtet dort die Ewigkeit. (Günter Eich)

*

Wie Schäfchenwolken die über uns hinweg segeln, leicht und heiter, sind die Tage vergangen. Keiner hat sie gezählt, und keiner mag daran denken ... doch noch sind wir hier auf unserer Sonneninsel Spiekeroog und genießen unseren Eintopf. Elfi auch, ganz ohne Verbrennungen. Beängstigend irdisch ist sie geworden.

Elfi macht alles mit: kriegen- und verstecken spielen und Handball sogar. Am liebsten aber schwimmt und taucht sie mit uns in „unserem Priel" am Watt.

In einem kleinen Theaterspiel hat sie als Pechmarie, der alles mißlingt, mit ihren „linken Händen", uns alle so zum Lachen gebracht, daß es ihr ganz peinlich war derart im Mittelpunkt zu stehen. So irdisch ist Elfi inzwischen geworden, daß Teddy wie auch Babs und Ina sich schon lange keine Gedanken mehr über Elfen gemacht haben. Im Gegenteil. Babs und Ina jedenfalls, haben eher Unsinn im Sinn.

Gestern erst, als wir mal ins Dorf waren, haben sie dem Lockführer der kleinen Inselbahn einen Streich gespielt.

Sie hatten sich mit einigen „Großen" abgesprochen. Als der Zug abfahren sollte hielten die ihn, vom Lockführer unbemerkt, am hinteren Ende fest. Die kleinen Miezen hatten sich vor die Lock gestellt und sich mit ihren dünnen Ärmchen offensichtlich so kraftvoll gegen sie gestemmt, daß die sich nicht von der Stelle rührte. Der Lockführer fiel vom Glauben ab. Und Elfi, wenn die dabei gewesen wäre, hätte da wahrscheinlich auch noch mitgemacht. Elfi, Elfi, was das wohl noch werden wird?! Am Ende willst du gar nicht mehr zurück in deine Elfenwelt.

Hier auf der Insel bist du ja wirklich glücklich mit all den Anderen und Susanne und Sylvia und Silke und deren Elfen. In Blumenthal aber, und Vegesack! Ich ohne Elfe, Elfi womöglich als viertes Kind in meiner Chaosfamilie?! Mir wird ganz schlecht. Sterbensschlecht!

Meinen halbleeren Teller stelle ich beiseite, möchte Elfi fragen ... und trau mich nicht.

Endlich seh ich sie an: „Du weißt doch noch, Elfi, daß Sabeth sich danach gesehnt hat, in seine Rabenwelt zurückzukehren. Hast du nicht auch Sehnsucht nach deiner Elfenwelt?"

Elfi denkt nach, kräuselt die Stirn, scheint sich erinnern zu wollen und meint schließlich: „Irgendwann war ich wohl mal eine Elfe. Aber Sehnsucht?" gedankenverloren schüttelt sie den Kopf.
„Aber Elfi, du weißt doch, ich könnte dich küssen, daß du wieder meine Elfe wirst."

Sie sieht mir tief in die Augen: „Dann würde Elfi aber sterben, Reinhart, willst du denn daß ich sterbe?"

*

Wo ist da eigentlich ein Unterschied zwischen einer Frau, die ein Kind zur Welt bringt, und mir, der ich Elfi zur Welt gebracht habe?
Ja, ja, ich weiß schon, das kann man doch nicht vergleichen; neun Monate den Bauch hüten, hoffen und bangen, genießen, leiden und dann ... Schmerzen, Schmerzen, Schmerzen und endlich ... das Kind ist da. Und ich? Neun Monate Eisnebelerkältung, ein kleiner Zauberbiß, schon ist Elfi zur Welt gekommen. Nein, das kann man wirklich nicht vergleichen außer in einem: beides ist Zauberei.

Ja, ja, ich weiß schon; ist doch nur natürlich, wenn eine Frau Mutter wird! Richtig! Aber ist denn Zauberei nicht auch natürlich? So natürlich, daß es gar nicht auffällt wenn gezaubert wird?

Und eine Geburt, ob Mensch ob Hai ob Fledermaus, ist das nicht ein Wunder? Unbegreiflich, Zauberei? Nein? Was denn dann?

Ist ja auch egal. Bleib nur sitzen auf deiner Null und glaube ruhig weiter, daß deine Null ein Ei ist, aus dem noch mal was rauskommt.

Aber wo waren wir denn gerade? Ja, vergleichen; in noch einem kann man Elfi mit einem Menschen, Hai und Fledermauskind vergleichen: alle wollen leben, bleiben was sie sind.

Und was mach ich jetzt? Elfi um ihr Leben bringen? Um ihr Leben als Menschenkind, das gerade erst begonnen hat?, mit einem Kuß?

Aber was mach ich denn bloß? Soll ich den Rest meines so schon kümmerlichen Lebens mit einer leihweisen Elfe auskommen?, mit Silkes Elfe, die mich gelegentlich mal besucht? Die Aussichten sind auch so schon schlimm genug: bald wieder Blumenthal und Vegesack, zu Hause, Schule, zu Hause. Warum nur gehen die glücklichen Tage so schnell vorbei, und die traurigen so langsam?!

„Hau ab Mücke!"
Ich weiß, ich bin unhöflich. Aber jetzt, auf dem Mond, nicht besonders kalt, nur mutterseelenallein ... käme ... sssiisiiisss ... eine Mücke angeflogen ... jaaa ... dann ... mit Freudentränen in meinen Augen würde ich sie begrüßen!

Und stell dir vor ... sie mag mich nicht, und fliegt davon!
„Bitte, liebe Mücke, bleib doch bei mir!"

Sie fliegt weiter, denn sie weiß, daß ich ein Mensch bin, der nicht verstehen kann was eine Mücke wirklich ist ...

Wenn ich geahnt hätte, was so ein kleiner Biß für Folgen haben kann! Und doch; so wenig ich auch nur eine Sekunde der Zeit, die ich mit meiner Elfe erlebt habe missen möchte, so wenig möchte ich, daß Elfi nicht mehr Elfi, sondern wieder meine Elfe ist. Egal was wird.
Ich ahne jetzt, daß Elfi ... sie sieht bedrückt aus, schaut vor sich auf den Sandboden ... daß Elfi zum ersten mal bewußt wird, daß sie nicht nur irdisch, daß sie nun auch sterblich geworden ist.

*

Der Rest Eintopf im Teller neben mir ist inzwischen kalt geworden. Silkes Elfe betrachtet ihn, dann Elfi, dann mich und sagt geheimnisvoll lächelnd zu mir: „Daß der Eintopf da im Teller erst heiß war und nun abgekühlt ist, kann jeder erkennen. Daß deine Elfe plötzlich irdisch war, als du sie gebissen hattest, hat auch jeder gesehen. Deine Elfe ist jedoch zugleich auch geblieben was sie war. Und weil sich das keiner vorstellen konnte, hat sie auch keiner mehr bemerkt. Und doch war sie mal in dir, mal in Silke, mal in Elfi, dann wieder irgendwo.
Wegen deiner Elfe brauchst du Elfi also nicht zu küssen,“ und mit einem schelmischen Seitenblick fügt sie hinzu, „jedenfalls nicht dahin.“

Teddy grinst vor sich hin, Sylvia auch, Babs und Ina sehen sich verstohlen an, Susanne schaut in Elfis erstauntes Gesicht, Silkes Augen leuchten, und ich bin mir nicht sicher, ob ich nicht der Rest Eintopf in dem Teller dort bin.

Doch jetzt seh ich mich; nur einen winzigen Augenblick ... in meergrünem Glühen bin ich wieder eine Nixe.

Mit Silke und Elfi ... wieder auf unserer Düne am Ende der Insel und schauen aufs Meer ... mit unseren Elfen und ... Elfi hat ja auch eine Elfe, und irgendwo ... geheimnisvoll flüsternde Nornenstimmen ...

Aneinandergeschmiegt liegen wir im warmen Sand unter der Sonne. Meeresluft streichelt unsere Rücken. Vogelstimmen. Undinengesang im an- und abschwellenden Rauschen der Brandung ... der Atem des Meeres weht die Zeit über die Welt hinweg in die Ewigkeit.

*   *   *

Dämmerung

Dunkelblaues Kopfsteinpflaster. Basaltstein aus dem Eifelland wo Mare still und dunkel träumen – von der Erdenfeuerzeit – als rotglühende Lava aus Vulkanen quellend zu Steinsäulen erstarrte.
Kopfsteinpflasterstraße zum Bahnhof St. Magnus. Seitab ein Haus. In den Schatten der Blutbuche sinkt ein welkes Blatt herab ins Gras.
Wer da jetzt wohnt? Will es nicht wissen. War nicht dabei, als Silke mit Elfi, ihrem Bruder und den Eltern über die harten blauen Steine zum Bahnhof gegangen sind ... Endstation: Zürich.

Will nicht wissen, wer jetzt da wohnt ... in dem Haus ... hinter der Buche.

Was die wohl noch alles aushecken werden, die flüsternden Nornen von der Düne?! Bestimmt nichts Gutes!

Gerade erst, hatten wir begonnen, das braune Laub Blatt für Blatt aufzunehmen von der Märzenserde, aus der uns erstes zartes Grün entgegenwuchs.
So, wie Laub aufkeimendes Leben verdeckt, verbargen Ängste geheimnisvolles Erleben – unsichtbare Mauern versperrten uns den Weg zu einander. Silke und ich hatten Breschen in sie geschlagen, und Vertrautheit und Nähe erlebt ...
Geblieben sind mir die Erinnerung, und die blauen Steine. Das letzte, das Silkes und Elfis Füße berührt haben, an diesem Ort.

*   *   *

Drei Welten:
> die geistige
> die ungeistige
> und die heile Welt.

Zwischen der eisbenebelten ungeistigen, der geistigen und der heilen Welt ... wie Gespenster, die zwischen drei Stühlen sitzen ... Einige wenige, und ich. Ich am meisten, denn mein Zuhause ist ja wirklich einmalig, und irgendwie, trotz allem, irgendwie auch ein bisschen heile Welt, so wie die Schule auch. Hier wie dort – ein Dach über dem Kopf und keine Bomben mehr, und kein Hunger. Friede und Eierkuchen.

Womit fangen wir nun an? Mit Zuhause? Hatten wir doch schon! Schule? Hatten wir doch auch. Außer Geschichte und ... endlich endlich steht die längst fällige Aufklärung auf dem Stundenplan. Na, da bin ich aber gespannt!

Was Eheleute im Bett machen, brauchen wir achtzehnjährigen noch nicht zu wissen außer, daß es sehr, sehr gefährlich ist, wenn einer der Partner Syphilis hat. Es ist höchst ansteckend und eine schlimme Krankheit. Beethoven hat schrecklich an ihr gelitten, ist erst taub geworden, und schließlich an ihr gestorben. Es gibt drei Stadien dieser ... mache die Ohren zu. Beide. Später sollte sich herausstellen, daß Beethoven an Bleivergiftung gestorben ist …

Und Geschichte: Drittes Reich? Haben wir ja gerade erlebt, auch wenn wir nicht wissen warum.
Doch darüber will kein Lehrer sprechen. Lieber weit weg von jetzt! Zwei- dreitausend Jahre zurück nach Italien, Griechenland, Ägypten, Zweistromland, alles, nur nicht die Geschichte die eben war, und die, die jetzt geschieht: Heimlicher Krieg zivilisierter Christen gegen friedliche Menschen eines uralten weisen Volkes in Australien, gegen die Aborigenes.

In Amerika; Krieg der sich auf Gott berufenden Bleichgesichter gegen die Indianer. Krieg der Horden und Banden ungeistiger gegen den kleinen Rest spiritueller Menschen in diesem Land. Von Ausnahmen, auf BEIDEN Seiten, abgesehen.

Davon erfahren wir nichts, von dem was jetzt geschieht! Nur schöne heile Welt im Westen, böse Kommunistenwelt im Osten, das war´s auch schon …

Und dann ... schnell zurück nach früher. Da wurde gekämpft, wurden Schlachten gewonnen – meistens jedenfalls.
So hat 333 Jahre vor Christi Geburt Alexander der Große die Schlacht bei Issus, gegen wen auch immer, gewonnen.
Und diese Jahreszahl; drei drei drei, bei Issus große Keilerei, konnte ich beim besten Willen nicht vergessen. Und auch nicht, was Diogenes, Alexander dem Sieger, geantwortet hat als dieser zu ihm sagte, er dürfe sich was wünschen.

In seiner Tonne liegend sagte er: „Geh bitte einen Schritt zur Seite, du stehst mir in der Sonne."

All das habe ich in meinem Kopf behalten, und wozu?! Da! 333 ^^+* °° 7/^^%+8((§% ka kidrri i9 9i s %°^^^^^+++* ! jetzt hab ich dir auch mal solchen Schrott in den Kopf gehängt! Tut mir leid, ist mir ja so peinlich, kommt auch nicht wieder vor!

Ist doch alles Schnee von gestern! Aber heute, in Amerika, werden Indianerkinder geraubt, in Mormonenfamilien oder Internate gesperrt und geschlagen und gefoltert, für das Verbrechen, es zu wagen, in ihrer Muttersprache zu sprechen, sich nicht christianisieren und amerikanisieren lassen zu wollen.
Viele ihrer Mütter und Schwestern werden zwangssterilisiert ... aussterben, so schnell wie möglich, sollen sie, die letzten Indianer, die kümmerlichen Reste Land verlassen, die ihnen das Weiße Haus noch gelassen hat. Heimlich, still und leise geht er weiter, dieser Völkermord.
Kein Sterbenswörtchen davon dringt an unser Ohr, in diesem vermieften Klassenzimmer!

Sollen uns alles merken was früher einmal war bis unser Kopf randvoll ist mit dem Gerümpel längst vergangener Zeiten, und kein Platz mehr ist, für das was jetzt geschieht. Ist es Dummheit oder Methode, daß wir den alten Krempel lernen sollen? Ich weiß es nicht. Und nichts weiß ich über Indianer, nur, daß es sie irgendwie noch gibt. Und von den Ureinwohnern Australiens, den Aborigenes, habe ich noch nie etwas gehört.

Dabei werden ebenso klammheimlich, es ist so schlimm, daß ich, wenn ich mir das vorstelle, nicht mehr normal sprechen kann – schwarzer Mann – priesterschwarz – Mission = mittere = schicken ...
Miseria = Elend, Unglück – Schwarzmann raubt, schickt ins Elend und Leid: Baby, das erst einen Tag auf dieser Erde weilt, in Mission gesperrt – Folter an Leib und Seele, Tag und Nacht

– christianisiert, zivilisiert, sterilisiert, seelenamputiert ... sinister die Schwarzmannnacht.

Von derartigen Machenschaften hab ich nicht die geringste Ahnung. Früher, ja, da gab es Kriege und schreckliches Leid. Aber jetzt; überall Friede. Und es könnte alles so schön sein, wenn nur das Zuhause und die Schule und der Eisnebel nicht wären.

Den meisten Geschichtsmüll hab ich noch während des Unterrichts aus meinem Kopf geschüttelt. Nur eine Zahl ist noch hängengeblieben: die 9. Ob vor oder nach Christi Geburt weiß ich zum Glück nicht mehr. Damals soll die Schlacht im Teutoburger Wald gewesen sein. Dort hat Hermann der Cherusker, heißt es, die römischen Legionen geschlagen. Noch heute ist er der Deutschen größter Held. Dazu gleich noch eine kleine Anmerkung.
Die größten Helden der Engländer und Franzosen hingegen sind nur weiblichen Geschlechts; Boadicea, ich seh sie noch; wie eine Rachegöttin jagt sie aufrecht in ihrem Streitwagen mit Schwerterschwingenden Rädern, ihr Schwert in der rechten Faust, die Zügel der Pferde in der linken, an der Spitze des britischen Heeres hinter den fliehenden Römern, oder sind es Vikinger oder Angelsachen, her. Siegreich jedenfalls.

Und die Franzosen. Mit ihrer Jeanne d´Arc. Johanna von Orleans. Eine wunderschöne Frau. Schade. Man hat sie als Hexe verbrannt, nach ihrem Sieg über einen eigentlich unbesiegbaren Feind.
Sie war ja so schön, daß ihr Liebreiz mit solcher Kraft, sogar noch aus ihrer eisernen Ritterrüstung hervorstrahlte, daß der Feind, von ihrer Schönheit geblendet, nicht mehr vernünftig zu kämpfen vermochte, und Johanna über ihn siegte.
Mann, nicht doch Mann, Frau, das hättest du lassen sollen, das siegen, dann lebtest du noch heute.
Vielleicht nicht mehr ganz so schön, aber immerhin! Denn daß Schönheit Teufelswerk ist, weiß doch jeder. Und Johanna hat

es auch gewußt. Trotz dem hat sie sie eingesetzt, gegen Männer, deren Rüstungen sie nicht schützen konnten, vor einer solchen biologischen Waffe.

Unfair ist das, sittenwidrig, und wer weiß was noch alles! Den Tod hat sie verdient! Natürlich! Die Hexe! An den Marterpfahl mit ihr! Bis sie gesteht, und dann rösten! Ist ja nur gerecht! Muß jeder einsehen!

Nie hätte sie siegen können als Frau, ohne Teufelswerk, und noch dazu als so schöne Frau, die, wenn überhaupt, nur EIN Mann kriegen kann. Da ist es dann schon besser wenn sie geröstet wird. Das ist gerechter ... weil sie dann keiner haben kann ... gerechter vor allem auch, weil keiner der Männer sie verdient haben würde. Eine so schöne Frau ...

Ja, ja, als Hexe verbrannt. Johanna von Orleans. Oder verwechsele ich sie da mal wieder mit einer anderen Jungfrau? Hat nicht Obelix sie für ein Wildschwein gehalten, und mitsamt der Rüstung aufgefressen? Und Bauchweh bekommen. Von dem vielen Blech?

Nun zu Arminius. So nannten die Römer, als sie noch lebten, unseren großen Hermann. Aber kann man sich da wirklich drauf verlassen, auf die Geschichtsschreibung? Vor allem die der Römer? Hat da nicht ein römischer Schreiberling über die germanische Elchjagd folgendes berichtet?

Die Germanen warten bis die Elche schlafen. Sie schlafen stehend an Bäume gelehnt. Sie haben keine Kniegelenke, und ihre Beine sind stocksteif. Wenn ein solcher Elch einmal umfällt, kommt er ohne fremde Hilfe nie wieder auf die Beine. Das kann nur gelingen, wenn mehrere der stärksten Elche ihre Geweihe unter seinen schweren Körper schieben und ihn damit hochheben. Dabei verursachen die spitzigen Geweihenden zahlreiche schmerzhafte Wunden.

Wenn nun alle Elche, auch die wachhabenden, eingeschlafen sind, schleichen die Germanen zu einem der Elche, schubsen ihn um und überwältigen ihn. Die anderen lassen sie einfach weiterschlafen.

Wer´s glaubt! Und die Geschichte mit der Schlacht im Teutoburger Wald kann ja auch ganz anders gewesen sein.
Gehen wir mal davon aus, daß bei großen und kleinen Kämpfen unter den Germanen mal mehr mal weniger Krieger getötet
worden sind. Und daß die nun ledigen, großen Germaninnen
die kleinen Italiener ganz niedlich fanden und mit aufs Stroh
nahmen, und in den Stall, und aufs Feld. Ich seh´s förmlich wie
die Legionen sich quasi (sozusagen) über Nacht in nichts auflösen, und alle glücklich und zufrieden sind.
Besonders Hermann und sein Busenfreund Varus, die den Sold
des ganzen Heeres in fröhlichen Zechgelagen gemeinsam ver-
saufen. Dabei ist Varus, der Schwert und Rüstung längst in
Hermanns Rumpelkammer gehängt hat, mit Bart und Bärenpelz
schon lange nicht mehr als Römer wiederzuerkennen.
Und dann, vielleicht ist es ja nur ein Gerücht, daß ein
Inspektorentrupp aus Rom unterwegs ist Varuses Legionen zu
inspizieren. Gerücht oder nicht, bei Zeus, das könnte ja jederzeit geschehen! Alles ist weg; das Heer, der Sold, wie auch die
gute Laune und alle Fröhlichkeit!
Der strategische Scharfsinn unseres Hermann ist jedoch geblieben; wir kriegen die Legionen schon noch weg, auf ganz na-
türliche Weise: deine Legionen sind halt bei Nacht, Nebel,
Sumpf und schlechter Laune in einen Hinterhalt geraten und bis
auf den letzten Mann erschlagen worden.
Mit dieser Nachricht schicken wir einen Boten nach Oppidum
Ubiorum (Köln) ins Hauptquartier. Kein Römer wird sich jemals
wieder ins Land der Cherusker wagen.

Und das war wohl die einzige gelungene Schlacht seit Men-
schengedenken ...

*   *   *

Hoch über dem Waldboden, in der Krone einer Buche, wiegt mich sachte ein Hauch Morgenluft. Wie fernes leises Wellenrauschen – Lufthauchflüstern im Blätterdach. Nornengesang? Bei Sonnenaufgang? Was die wohl so früh schon im Schilde führen!

Aber was fliegt denn da? In Goldlicht getaucht, ein Römerpfeil? Aus der Schlacht im Teutoburger Wald – seit zweitausend Jahren unterwegs – irrt er umher im spätsommerlichen Laub, und sucht sein Ziel noch immer … doch nicht etwa mich?!
Sagitta, Pfeil aus der Römerzeit? Nein, niemals! Sagitta hört sich an wie das schäppern harter Münzen im Opferstock wenn die Erde bebt. Und dieser Pfeil würde singen, wenn er ein Vogel wär.
Schwirrt durch das sommermüde Laub, golden glitzert die Feuersteinspitze im Morgensonnenlicht, blau leuchten seine Federn … ein Indianerpfeil … natürlich!
Hat er sich verirrt? Ist ihm das viele Wasser des Ozeans zu Kopfe gestiegen?

Nein, nun mal im ernst! Tatsächlich ist es ein Vogel! Sitzt da vor mir auf dem Ast und sieht mich an … mit … ich kann es einfach nicht glauben! Sind es die Undinen, haben die gezaubert und amüsieren sich jetzt über mich?
Sieht mich an, der blaue Vogel, mit meergrünen Augen, mit Silkes, ja, wirklich, mit Silkes wunderschönen grünen Augen!
Seltsam; Silke nicht in Zürich … als blauer Vogel vor mir auf einem Ast im Wipfel einer Buche und lächelt mich an – senkt die

Lider, schüttelt sich, eine Wolke blauer Federn schwebt davon
... und, ist es Elfi oder meine Elfe; eine Hand an ihrer Wange
und kichert, wohl weil ich so dumm dreinschau.
„Du hier?" und weiß nicht wen ich denn meine. „Bist du nicht
eben noch ein blauer Vogel gewesen, und Silke?"
„Und Elfi. Auch wenn wir ihn jetzt nicht mehr sehen, den blauen
Vogel, ist er doch die Sehnsucht, Silkes und meine Sehnsucht
nach Spikeroog und dir ... Sehnsucht, die ganze Zeit ... und die
arme Elfi muß nun auch noch mit Silke in die Schule, und Sonntags in die Kirche gehen. Und glaub ja nicht, daß ihre Elfen sie
dahin begleiten!"
„Was sind das nur für Schreckensweiber, diese Nornen!"
„Psst, Reinhart, erzürn sie nicht! Wer weiß zu was die noch fä-
hig sind!"

*   *   *

Sind es die Nornen, ist es Petrus oder gar mein Freund die
Bombe Gott persönlich, der diese nassen grauen Wolken so tief
über die Weser und die Häuser und durch die Straßen weht,
daß sie als kleine Tröpfchen in unseren Haaren und Augen-
brauen hängenbleiben?
Egal! Hauptsache, und das war wirklich wichtig, die kleine
Schwalbe ist rechtzeitig, vorgestern, als die Sonne noch schien,
nach Afrika gestartet!

Zwei Wochen zuvor war sie aus ihrem Nest, dem Milchwagen-
pferd vor die Hufe, aufs Stroh gefallen.
Das Pferd hat die Schwalbe angeguckt und sich dabei gedacht,
daß da oben im Nest wohl wieder eine Drängelei gewesen sei.
Das Pferd, es oder er heißt Gustav, schaute auf zum Nest;
nichts, nur drei samtschwarze Kugelköpfchen über dem
Nestrand, aus denen drei schwarzleuchtende Augenpaare he-
rabschauten.

Die Schwalbenmama kam hereingeflogen; witt, witt, witt witt witt, flog wieder hinaus und schwatzte draußen weiter in ihrer Schwalbensprache die der Milchmann, der gerade hereingekommen war, nicht verstand. Das Pferd Gustav wedelte mit den Ohren und ließ seinen Schwanz einmal leicht hin und her pendeln: „Die Alte regt sich auf." hat Gustav auf diese Weise in der Pferdesprache gesagt – denn mehr hat auch er nicht verstanden.

Frau Schwalbe rief und suchte ihren Mann – sie hat sich schon sehr aufgeregt, als sie ihr Kind zwischen Gustavs Hufen im Stroh liegen sah. Doch kam sie gleich wieder hereingeflogen, mit ihrem Mann, landete vor ihrem Kind, sagte leise: witt, witt witt und noch etwas, das auch Gustav diesmal nicht verstand: tut mir leid Kleines, ich kann dir auch nicht aufhelfen, aber frag doch mal den Menschen da, ob er dich zurück ins Nest bringt. Leider hat es auch der Milchmann nicht verstanden.

Ja, und was nun? Dem kleinen Vogel Milch zu trinken geben, Butter, Käse, Kuchen, Torte oder Brot zu essen?
Bloß nicht! Das alles wäre Gift für eine Schwalbe! Davon würde sie Bauchweh bekommen und elendig dahinsterben.

Zu ihrem Glück, hat der Milchmann sie meiner Mutter gebracht. Die weiß wie man kleine Vögel versorgt.

Mein Bruder Eckart und ich, haben den ganzen Tag Fliegen erschlagen. Die schmecken am besten. Alle zwanzig Minuten hat meine Mutter der Kleinen, mit einer vorne abgerundeten Briefmarkenpinzette Fliegen oder weiße, frisch gehäutete Mehlwürmer in ihren weit aufgesperrten Schnabel gegeben. Manchmal mußte die kleine Schwalbe aber auch vierzig Minuten, oder sogar eine ganze Stunde auf die nächste Mahlzeit warten. Dann paßten gleich zwanzig oder mehr Bissen in ihren süßen kleinen Bauch.

Ja kann mir denn einer sagen was noch schöner wäre, als ihr heller, fast weißer Bauch unter ihrer rostroten Kehle, ihr Babyschnabel, die winzigen Füßchen, die sich anfühlen auf der Hand wie das Gebet eines Schmetterlings?
Und diese kleinen dunklen Augen – so klein – und so groß wie die Welt ... so hilflos, und doch mächtig, denn sie können verzaubern, können Licht in verdusterte Seelen bringen.
Gibt es etwas schöneres als dieses Schwalbenkind? Nein, gewiß nicht! Nicht einmal meine Mutter, Susan, Silke oder Elfi sind schöner. Sie alle sind nur fast so schön, wie es die kleine Schwalbe ist ...

Und das hat nichts zu tun mit der norwegischen Ziegenmutter und ihren schönsten Kindern auf der Welt; die sie gesucht, und noch nicht gefunden hatte als der Bär aus dem Wald trat:
„Lieber Bär, ich suche meine Kinder schon so lange, und kann sie nicht finden. Hast du sie vielleicht irgendwo gesehen?"
„Wie sehen sie denn aus, deine Kinder?"
„Ach lieber Bär, es sind die schönsten Kinder die je in Feld und Wald herumgesprungen sind."
„Nein, liebe Ziegenmutter, deine Kinder hab ich nicht gesehen. Weiter drinnen im Wald sprangen so kleine häßliche, bockbeinige Tierchen mit Glubschaugen umher. Die hab ich aufgefressen. Deine Kinder aber, tut mir leid liebe Ziegenmutter, die hab ich nicht gesehen."

Nein, mir kannst du schon glauben, ich bin nicht die Ziegenmutter.
Und doch, manchmal fiel es mir schwer zu sagen, wer schöner ist. Wenn die kleine Schwalbe bei meiner Mutter auf der Schulter lag, an ihren Hals geschmiegt unter ihrem dichten braunen Haar hervor lugte, kam es mir vor, als wenn der kleine Vogel machte daß meine Mutter noch viel schöner wurde als sie so schon war.

*

Die Schwalbe und meine Mutter waren unzertrennlich. Anfangs lag das Schwalbenkind nur auf der schulter seiner Ersatzmutter, die es zu den Mahlzeiten auf ihre Hand nahm, und danach wieder an ihren Hals setzte.

Dort lag es gemütlich, oder glättete seine Federn mit seinem breiten Schnabel, pulte die Spulen ab, die sie ganz unten noch umhüllten, sah meiner Mutter bei der Hausarbeit zu, und ließ ab und an hinten was hinunter fallen.

Eines Tages dann, als die kleine Schwalbe sich wieder einmal satt gefuttert hatte, streckte sie ihre Flügel über die Hand meiner Mutter und flog auf ihre Brust, über die sie zu ihrem Platz hinaufkletterte. Wenn sie aber mal nicht auf ihren Platz zurückgeht, und einfach wegfliegt, was dann?
Ja dann – wär´s das wohl gewesen! Sie hat es ja noch nicht gelernt ihre Nahrung, Insekten, im Flug zu erbeuten und würde einfach verhungern.

Ein Mauersegler, ja, der kann das gleich, wenn er erst einmal in der Luft ist: Auf dem Nestrand. Flügelschlagen. Krallenfüße halten fest. Lassen los. Fällt in die Welt, der Segler, in seine Welt der Lüfte. Zum ersten mal in seinem Leben.
Jubelt, ganz hoch: ziiiiiiiiiii, seinen singenden Fernwehruf, gleitet mit ihm in Himmelsweiten. So, wie im Schlaraffenland die gebratenen Tauben Menschen in den Mund fliegen, fliegen ihm köstliche Insekten in seinen aufgesperrten Schnabel. Einfach so. Zum trinken muß er seinen Flug etwas abbremsen; die Regentropfen würden ihm sonst zu heftig auf die Zunge schlagen.

Wenn dann die Sonne untergeht, über ihm die Himmelslichter erstrahlen, tief unter ihm, die Nacht sich über die Erde legt, sich die Eulen den Schlaf aus den Augen reiben, die anderen Vögel schon schlafen schaltet er seinen uralten biologischen Autopilot ein, schließt die Augen, schwebt zwischen Himmelsleuchten und Erdendunkel umher und ... träumt ... und wovon träumt er wohl? Natürlich, von der Liebe. Und wenn es eines Tages dann tatsächlich soweit ist, kann er auch das, ganz von allein, im Flug, hoch über der Erde.

*

Die kleine Schwalbe aber; allzu weit könnten sie ihre viel schwächeren Flügel ja noch nicht tragen.
Doch sicher weit genug, daß wir sie nicht wiederfinden würden.
Auf einem Ast würde sie landen, oder auf dem Erdboden gar, irgendwo. Ratlos hin und her gehen, einsam und verlassen.
Warten auf Mama, daß sie endlich kommt. Die aber kommt nicht, denn sie kann ja nicht fliegen, und weiß nicht mal, wo ihr Schwalbenkind jetzt ist.
Hunger, Durst, das kleine Herz tut weh, vor Sehnsucht nach Mama, ja wirklich, und vom Alleinsein, in dieser so fremden Welt.

Und es kommt die Nacht, und schlimme Träume, und die Morgensonne, und Hunger und Durst. Und sie will endlich zu Mama, fliegt los, witt, witt!

Doch keiner hört das Schwalbenkind. Sein Stimmchen ist so leise geworden, mehr ein Flüstern, und auch in den Flügeln schwindet die Kraft. Die kleine Schwalbe sinkt zu Boden, klettert mühsam auf den Maulwurfshügel hoch, bei dem sie gelandet ist.
Witt, witt, witt! Hoch im Himmel kreuzen Mama und Papa unter der Sonne. Gedankenschnell teilen ihre Flügel die Luft.

Witt!, witt! Bitte!, bitte!, hier ist euer Kind! Heiseres Flüstern nur. Nicht mehr die Stimme einer Schwalbe. Schlucken schmerzt, Hals und Zunge so trockenrauh.
Sie hören mich nicht! Die kleine Schwalbe fröstelt unter der Sonne, und das atmen wird so schwer. Sie öffnet ihren Schna-

bel, japst nach Luft, immer mühsamer, die Pausen immer länger. Angst und Verzweiflung in ihren Augen – Sehnsucht nach Liebe und Leben.

Nebel zieht an ihr vorüber, Sternchen leuchten auf, winzige Blitze, Sternschnuppen, matte Müdigkeit im Schweif – Schlaflied summend.
Eine Welle rauscht auf sie zu, reißt sie mit sich fort ...weit breiten sich ihre Flügel vor, zittern auf der Hügelerde bis Lebensglanz und Liebe in den Augen des Schwalbenkindes erlöschen, sie ins Unendliche schauen, und sich sein Köpfchen auf die Seite legt ...

*

Einfach wegfliegen, und kann sich noch nicht selber helfen? Auf keinen Fall! Daran mag ich gar nicht denken. Aber was dann?
Wie soll sie denn lernen Insekten im Flug zu erhaschen, wenn sie nicht unter freiem Himmel umherfliegen darf?
Es müßte einer mit ihr fliegen, sie begleiten. Ja, nur zu, aber wer? Na wer wohl? Natürlich! Ihre leiblichen Eltern und Geschwister! Wer denn sonst?!

Wie es so plötzlich geschieht; meine Mutter hört die Glocke vom Milchmann: bimmellingeling! und geht mit dem Schwalbenkind unter ihrem Haar auf den Milchwagen zu. Da passiert´s:
witt witt, das schwälbchen fliegt los, auf Gustav zu und landet auf seinem linken Ohr. Aber da ist das Pferd wohl kitzelig. Es hebt den Kopf, wiehert laut und schlackert mit den Ohren. Erschreckt fliegt Klein Schwälbchen los, in einem großen Bogen zu meiner Mutter zurück, und versteckt sich unter ihrem Haar von wo es ängstlich hervor lugt. Nun wissen wir ja, unser Schwalbenkind kann wirklich schon fliegen.

Wenig später sind wir, meine Mutter mit unserem Schwalbenkind auf ihrer Schulter, Eckart und ich, im Milchwagenpferdestall und schauen hoch zum Schwalbennest. Nur noch ein Kugelköpfchen ist über dem Nestrand zu sehen, und sagt nicht einen Pieps.
Dann aber: witt witt witt witt saust die Schwalbenmutter herein zu dem Nesthäkchen hoch, das sie flügelschlagend empfängt: witt, witt!, mehr, mehr!
Ein weiteres witt, witt, dicht am Ohr meiner Mutter. Schwalbenmutter erkennt die Stimme ihres Kindes sogleich, und ... der Raum um uns her ist verwunschen ... tanzende Schmetterlinge überall, mattes Hellblau, sanftes Rot wie von einer Schwalbenkehle abgefärbt und wie vom Schwalbenbauch, gedämpftes Weis. Wieder wer gezaubert? Gewiß! Nornen jetzt als Schicksalsfäden verwebende Schmetterlinge.

Wage kaum zu atmen. Da steht sie, unsere Mutter, mitten im Stall – eine Zauberin – so schön war sie noch nie, streckt ihre Hand der Schwalbenmutter entgegen und sagt leise mit sanfter Stimme: komm nur, kleine Frau!

Was jetzt geschieht hat keiner erwartet. Schon gar nicht die Nornen. Und ihnen, mitsamt ihren Schicksalsfäden zum Trotz, sie sollen´s zufrieden sein – dürfen dafür jetzt ja auch als Schmetterlinge umherfliegen, und auch allem Unglauben zum trotz: fliegt Frau Schwalbe nun auf meine Mutter zu, läßt sich auf ihrer Hand nieder und spricht sie direkt an: witt, witt! Ihr Schwalbenkind scheint sie verstanden zu haben und fliegt, witt witt, zu ihr – auf die Hand meiner Mutter.
Dort sprechen sie leise und zärtlich miteinander. Die Zeit steht still. So nah beieinander, Vogel- und Menschenmutter. Dann, unverhofft, gleitet die Schwalbenmutter witt, witt von der Menschenhand und fliegt mit ihrem Kind aus dem Stall in den sonnigen Tag hinaus.

Reglos steht meine Mutter auf dem Fleck, und betrachtet die verwaiste Hand. Ihre Augen werden feucht, und sie wischt sich eine Träne, mit dem Handrücken, auf dem eben noch ihr Schwalbenkind gewesen war, von ihrer Wange.

Dann seufzt sie, geht langsam aus dem Stall, schaut auf in den Himmel, sieht den Schwalben dort oben nach und sagt: „Ich freu mich ja nur so daß die Kleine wieder bei ihrer Familie ist, wenn es auch weh tut, daß sie uns nun verlassen hat."

Am späten Nachmittag, hören wir durch das offene Fenster vielstimmiges witt witt witt und laufen hinaus in den Garten. Über uns jagen sechs Schwalben kreuz und quer über den Himmel. Und eine von denen ... witt witt witt ist auf der Brust meiner Mutter gelandet, klettert hoch, schmiegt sich an ihren Hals ... viele kleine zärtliche Laute ... und fliegt zu den Schwalben am Himmel zurück.

Jeden Tag hörten und sahen wir unsere Schwalbenfamilie, witt, witt, witt, über uns fliegen. Es waren immer sechs. Dann wurden es mehr: elf, sechszehn, fünfundzwanzig vielleicht und seit gestern früh, war keine einzige Schwalbe mehr zu sehen.
Haben sie geahnt, daß es naß und kalt werden wird? Wohl haben sie ihre Schwingen ausgebreitet, sind auf und davon, der Sonne entgegen.
Auf und davon auch unsere kleine Schwalbe, die so viel sonniges Licht in unsere Herzen gegeben hat. Zurückgelassen hat sie uns im kalten Grau.
Nur ein winziger Sonnenstrahl hält sich noch in einem heimlichen Winkel meiner Seele versteckt. Wie ein kleiner Tod hat es sich angefühlt, als unser Vogelkind uns verließ. Die glückvollen Stunden mit ihm, hat der Strom der Zeit hinweg getragen. Für alle Zeiten sind sie vergangen, und kehren nie mehr zurück. Doch der kleine Sonnenstrahl, den unser Schwalbenkind in meinem Herzen versteckt hat wird dort, auch für alle Zeiten, lebendig sein.

*

Und sonst? Wieder nur Eisnebel. Unerträglich! Hatte mich ja
daran gewöhnt gehabt. Irgendwie. Aber Spiekeroog hätte einfach nicht sein dürfen, nein, wirklich nicht!
Hat mich so unbarmherzig rausgerissen aus meinem eh ... wie
soll ich, hab's gleich ... aus meinem elfenverlassenen muffig
moderndem Mumienschlaf. Und wie komm ich da jetzt wieder
rein, ohne mir den Hals zu brechen?! Kann mir das mal einer
sagen? Nach Spiekeroog!

Wenn mich keiner verrät sag ich's selber: bin ja längst wieder
drin. Und was ich da träume? Soll ich das wirklich erzählen?
Unbedingt? Freust dich wohl schon darauf, daß es mir wieder
so schlecht geht. Bist dann nicht mehr so allein, in deinem
Elend. Nein ich hab dich nicht vergessen, alter Rabe ka – em –
zwei – ein.
Aber wo kommst du denn eigentlich her? Warst doch mausetot!
Ach, weißt du auch nicht? Ist das eine Unordnung hier auf der
Erde, geht ja alles drunter und drüber und keiner weiß woher
und wohin!
Und sitzt wieder auf deinem Meilenstein. Kannst es eben nicht
lassen und kannst nicht mal was dafür, armer Rabe, und ich bin
mal wieder das alte Zapfenschwein.

Und meine Träume? Soll ich dir nicht lieber erzählen was da
sonst noch so gewesen ist? ... Außnahmezustand:
Vater mal wieder in Thüringen. Wir dürfen machen was wir wollen! Auch an die Weser. Den ganzen Nachmittag am Strand
sein.
Der reicht von der Fähre Moll, vorbei an der Blumenwiese auf
der mal die Baracken standen, in denen Zwangsarbeiter die
Nächte zubrachten, die sie jeden Morgen auf den langen

Marsch zu ihrer Arbeitsstätte, den U – Boot Bunker in Farge, entließen, bis hin zu dem Holzlager Lohmüller.

Wer diesen hungernden Menschen damals was zu essen gab, ein trockenes stück Brot oder einen Apfel, und dabei erwischt wurde, mußte mit schwerer Strafe rechnen.

Manchmal schleichen mir die Geister solcher zu Tode geschundenen Menschen über diese Blumenwiese nach.
Erst trau ich mich nicht, mich nach ihnen umzusehen; mich gruselt auch so schon genug. Wenn ich dann endlich den Mut habe, es doch zu tun, sehe ich gerade noch, wie die letzten Zipfel dieser Geister bei einer Gänseblume, einem Himmelschlüsselchen oder einem Grashalm in die Wiese huschen.
Ganz gesehen habe ich sie nie. Aber ich weiß noch genau, wie sie damals ausgesehen haben.
Es waren keine Menschen mehr, es waren damals schon Gespenster, die nur noch keinen Zugang in den Himmel oder die Hölle gefunden hatten.
Petrus und der Teufel, hatten nämlich Schilder an ihre Pforten gehängt: WEGEN ÜBERFÜLLUNG GESCHLOSSEN
Und auch an den Strand kamen sie nicht. Sie blieben noch vor dem Strandweg, an den sich schlanke Pappelbäume reihen, unter dem Wurzelwerk der Wiese zurück.

Mein inzwischen nicht mehr ganz kleiner Bruder Eckart kam immer mit an die Weser. Ich bin nie alleine raus geschwommen. Konnte ja mal was passieren; und keiner hätte je erfahren wie ich umgekommen wär.

Rettungsschwimmen in der Weser. Lernen alles: weite Strecken schwimmen, tauchen, Befreiungsgriffe, Ertrunkenen an Land schleppen, Wiederbelebung.
Dann war die Prüfung. Binn mit Abstand der beste Taucher.
Fünfzig Meter und weiter. Schafft sonst keiner, auch unser Rettungsschwimmlehrer nicht.

Und das sollte mich um ein Haar das Leben kosten.

Will's wissen, mache als erster die Prüfung. Das Wasser bräunlich trübe. Sicht: kaum zwei Fuß. Wer darin versinkt, ist gleich außer Sicht. So auch unser Lehrer, den ich nun retten soll. Tauche erstmal hinab zum Grund. In der Trübnis über mir hängt seine Schattengestalt. Als ich ihn erreiche, umklammert er meine Brust von hinten, wobei er meine Oberarme mit aller Kraft an meine Seiten preßt.
Komm trotzdem frei. Aber irgendwie unheimlich. Als ich auftauche, und endlich Luft holen will, umklammern die Hände meines Lehrers von hinten meinen Hals, drücken mir die Kehle zu und mich nochmal unter Wasser. Komm auch jetzt schnell frei, doch als ich auftauche packt er gleich wieder meinen Hals ... panik ... der will mich ersäufen!
Den Strand habe ich eben noch gesehen; zwanzig- dreißig Schwimmzüge entfernt. Tauche ab, Richtung Strand. Meine Brust will platzen, weiter, Zug um Zug, er darf mich nicht noch einmal greifen, kann nicht mehr, Luft! Luft! kämpfe weiter, Sternchen blitzen auf, kreisen schneller und schneller in einem Strudel ... der hereinbrechenden Nacht muß ich entkommen – unbedingt!
Endlich Luft, Grund unter meinen Füßen, torkele auf den Strand zu, im flachen Wasser, auf allen Vieren, und falle völlig erschöpft in den Sand.

Die Rechtfertigung meines Lehrers: er habe sich nur wie ein Ertrinkender verhalten, der nach allem greift ...
Ein Schüler darf eben niemals besser sein als sein Lehrer. Ob es wohl solche Männer wie er gewesen sind, die Zwangsarbeiter zu Tode geschunden haben? Möglich ...

Von Stund an war für mich die D.L.R.G. passee', nicht aber die Weser, obwohl es nun schon das dritte Mal gewesen ist, daß Wasser nach meinem Leben gegriffen hat: einmal, war so vier oder fünf, hockte ich auf der Holzbrücke über den Mühlbach.

März. Schneeschmelze. Hochwasser. Das sonst so klare Wasser gurgelte braun unter der Brücke durch, schwappte auch schon mal über das Holz.
Wie Blätter im Herbststurm wirbeln lauter kleine erloschene Sternchen vor meinen Augen umher. So sieht es also aus, tot zu sein. Gerade hatte ich mich daran gewöhnt, da war plötzlich wieder alles anders. Drei Sekunden, länger kann diese Ewigkeit nicht gedauert haben. Vier Schritte ist die Brücke breit. So weit hat der Bach mich unter sie hindurch getragen bis Harry mich ergriff, und patschnaß wieder auf festen Grund stellte.

Bin ja längst wieder trocken. Doch gestern erst, beim Kleiderschwimmen … vom Weserwasser werden Anziehsachen auch nicht gerade sauber also – olle Plünnen. (deutsch: alte Klamotten, hochdeutsch: alte Kleidungsstücke)
Am ältesten war wohl die Trainingshose: dunkelblau, pludrige Hosenbeine mit Gummis unten drin, und am Bauch natürlich auch Gummiband, und von den Knien aufwärts zwei lange Schlitze.
Zwei lächerliche Schlitze habe ich gemeint, sie weiter nicht beachtet, und dann … betrachte die kleinen Kabbelwellen, wie sie mit dem Ebbstrom an der schwarz geteerten Wand des Anlegers vorbeieilen.

Bei Ebbe gehe ich nicht so gerne in die Weser. Wenn die Ebbe einsetzt kommen die Honnen (männliche Wassergeister) und vertreiben die Undinen (weibliche Wassergeister).
Sogleich ist die Weser insgesamt etwas angedunkelt. Dabei werde ich den Verdacht nicht los: die Honnen könnten mich mit dem starken Ebbstrom ins Meer ziehen und verderben wollen.

Sei´s drum, wer glaubt schon an Wassergeister! Ich … bisher jedenfalls noch nicht. Beherzt springe ich, meine alten Stiefel voran in den Strom.

Das über mir zusammenschwappende Wasser nimmt mir die Schirmmütze vom Kopf. Als ich merke, daß ich immer tiefer sinke, mich meine Stiefel hinab ziehen, rudere ich mit Armen und Beinen um über Wasser zu gelangen.

Statt heller, wird es dunkler über mir, und dann ... wie ein elektrischer Schlag durchfährt es mich ... meine Stiefel stehen auf Grund! Schwimme nach oben und komme unten an! Das ist Hexerei! Sollten die Honnen? ... Panik! Der Grund unter den Stiefeln fühlt sich weich an. Trotzdem stoße ich mich von ihm ab mit aller Kraft.

Langsam, viel zu langsam wird es heller über mir. Unendlich lange bis ich über Wasser gelange, Luft holen will, und stattdessen einen Wasserschwall schlucke, als ich die Beine anziehe und dabei wieder untergehe.

Eigentlich sind es nur noch Kurzschlüsse, die in meinem Kopf herumblitzen, und doch kriege ich den rettenden Gedanken gerade noch zu fassen: die Beine nicht bewegen! Nur mit den Armen rudern! ... Sie lächelt mich an. Kleine Undine. Ist glaube ich noch ein Kind. Wie eine Nixe sieht sie aus; frech, verschmitzt und lieb lächelt sie mich an, rollt ihre Augen, wackelt mit den Ohren, rümpft die Nase, bebt ihre Nasenflügel, zieht ihren Mund mit den kleinen Fingern in die Breite daß er ein Froschmaul wird und ich lachen muß, und was sagen will.

Kichernd formt sie ihren Mund zu einem Hühnerpopo, hält den Zeigefinger ihrer rechten Hand beschwörend da drauf und schickt mir einen Kuß, der als kleine lila Qualle auf mich zu segelt und auf meinen Lippen brennt.

Dann, plötzlich, schnell wie eine jagende Forelle gleitet sie durch´s Wasser zu mir her, nimmt mit ihrer kleinen Hand das brennen von meinen Lippen und geht lachend in Weserwasser auf.

Nicht länger als nur zwei schnelle Schwimmzüge lang kann die kleine Undine dagewesen sein. Der dritte bringt mein Gesicht schon über´s Wasser, und vor Schreck, vergeß ich beinahe Luft zu holen.

War sie es, die mir die Eingebung zuflüsterte meine Beine nicht zu bewegen? Hat sie sich vor den Honnen in der Weser versteckt, um mich zu retten? Deren Machenschaften zu durchkreuzen? Haben die boshaften Wassergeister mir eingeflüstert die verhängnisvolle Trainingshose anzuziehen?

Bei jedem Schritt durch's Wasser merke ich jetzt: die Beine wollen nicht mit. Wenn ich ein Bein anziehe fließt Wasser durch den Schlitz in die Hose wie luft in einen Fallschirm. Strecke ich das Bein aus entweicht das eingefangene Wasser wieder sodaß der Widerstand zusammenfällt.

Diese vertrackten Hosenbeine haben mich in die Tiefe gezogen, und hätten mich wohl umgebracht, wenn die kleine Undine nicht gewesen wäre. Gemeinsam haben wir die Honnen im Kampf um mein Leben besiegt. Das war gestern. Heute, bei den Befreiungsgriffen, Habe ich es alleine geschafft.

Zu gefährlich in der Weser? Ja, gefährlich schon. Wie eine lauernde Riesenschlange liegt sie da, eingebettet in Sandstrand, Schilfwälder und von Menschenhand errichteten Ufern. Viele Gefahren lauern in dem großen Strom, und wer in ihm schwimmt, weiß nicht ob er je wieder heil an Land kommen wird. Trotzdem. Nun erst recht. Gefahren sind doch etwas sehr schönes, wenn man sie überlebt hat.

Was machen wir jetzt? Doch nicht immer nur diese Tatsachenberichte – wird ja langweilig – lieber so'n bisschen rumspinnen, um die Weser, ja?

Die ist nämlich älter als uralt, fast älter noch als die Welt sogar! Nein? Das kann nicht sein?

Wenn aber alles was NICHT SEIN KANN tatsächlich nicht wäre, gäb's die Welt *auch* nicht, denn die kann ja nun wirklich nicht sein. Und am allerwenigsten, die Menschen. Was es aber wirklich nicht geben kann, ist ein Allmächtiger.

Meinen Freund, die Bombe Gott, den gibt es schon. Der ist ja auch nicht allmächtig.

Und die alten Griechen hatten sogar jede Menge Götter. Die waren erst recht nicht allmächtig, dafür aber sehr menschlich und brachten sich nach und nach alle gegenseitig um – so daß wohl nicht mehr allzu viele von ihnen am Leben sind.

Den Allmächtigen aber, gibt es wirklich nicht, weil es einen solchen Unsinn wie eine Allmacht einfach nicht geben kann.

Stellen wir uns doch nur mal vor, daß mein Freund, die Bombe Gott, allmächtig wäre. Mir wäre er dann ja höchst unsymphatisch, und gewiß nicht mehr mein Freund.

Zum Glück ist er aber eher ohnmächtig. Zumindest was seine Lehmschöpfung betrifft. Die tanzt ihm ja nur so auf der Nase herum.

Aber lassen wir den Armen doch zum Spaß mal allmächtig sein; so, lieber Gott, nun mach mal einen Stein der so groß und schwer ist, daß du ihn nicht tragen kannst.

Wenn er das schafft, ist er nicht allmächtig, weil er ihn nicht tragen kann.

Kann er ihn aber tragen, konnte er ihn nicht groß und schwer genug machen, ist also wieder nicht allmächtig.

Den Allmächtigen gibt es also nicht! Und was das ganze noch verrückter macht: auch nicht das Huhn. Denn: ohne Ei kein Huhn und ohne Huhn kein Ei.

Woher also, wenn noch kein Huhn da ist, soll denn das erste Ei kommen?

Vom Allmächtigen? Aber den kannst du ja vergessen, wo er schon mit dem Stein nicht klar gekommen ist, und es ihn außerdem sowieso gar nicht gibt.

Das verdammte Huhn aber, gibt es ja tatsächlich. Woher sollten die Frühstückseier denn sonst kommen? Aus der Fabrik? Ja, ja, darüber schweigen wir lieber, und denken mal richtig nach.

Also: irgendwann, vor dem ersten Huhn muß es ja mal ein erstes Ei gegeben haben!
Muß es einfach! Auch wenn keiner weiß wo es hergekommen ist, es war da!
Aber ach, das nächste Problem:
kein Hahn weit und breit! Doch wir werden der Sache schon noch auf den Grund kommen. Schritt für Schritt.
Also: kein Hahn + befruchtetes Ei = unbefleckte Empfängnis ...

Und nun wollen wir aber alles ganz genau wissen. Wer hat das erste unbefleckt empfangene Huhn denn ausgebrütet?
Dafür gibt es keine Zeugen mehr. Es kann auch keiner mehr sagen wie viele Eier das unbefleckt empfangene Huhn zur ersten Brut gelegt hat. Sicher ist wieder nur, daß alle diese Eier unbefleckt empfangen haben.
Da war ja immer noch kein Hahn. Ob aus den vielen unbefleckten Eiern dann auch mal ein Hahn rausgekommen ist?
Darüber können wir nur Vermutungen anstellen, egal wie sehr sie in die Irre führen: es kann, es muß nicht, oder es muß ja doch und, und, und. Und wieder keine lebenden Zeugen mehr.
Wir sollten die Hühner, mitsamt ihren Hähnen nun einfach ihrem Schicksal überlassen. Oder ... ?

Und die Welt? Wann wurde die denn überhaupt? Die wurde gar nicht erst, die war schon immer da, schon lange vor der Zeit.
Die nämlich wurde, und kam von wer weiß woher. Und wird, und kommt und geht und kommt wieder und macht was sie will, und keiner kann sie daran hindern. Gut so!

Habt ihr es inzwischen verstanden, das archimedische Prinzip?
Aus dem Physikunterricht in Dartington Hall? Wie auch immer, es gilt auch für die Weser, wenn auch ganz anders, weil ihr Wasser ja nicht über ihre Ufer abfließen kann, auch wenn sie noch so viele Schiffe auf ihrem Rücken trägt. Wird die Weser tatsächlich schwerer, mit jedem Schiff? Mit jeder Möwe, die auf ihren Wellen schaukelt? Mit jedem Fliegenschiß, der sie trifft?

Wer das genau wissen will, der muß sie erst vor, und dann nach dem Schiß wiegen ...

Kaum zu glauben, daß dieser geheimnisvolle Fluß auch noch sein Unwetterprinzip hat. Ahnst du schon?
Erstaunlich, wo er überall mitzureden hat! Zieht von Oldenburg her ein Gewitter auf, will über Bremen und Worpswede nach Hamburg, sagt die Weser einfach mal so: eä, eä !
Und was is? Das Gewitter traut sich nicht über den Fluß, jagt Blitz auf Blitz in seine Fluten, daß die Fische sich erschrecken, und hört irgendwann einfach auf ein Gewitter zu sein.

Nicht ganz so beeindruckend, und dennoch bemerkenswert: der Weser Niederkunftsprinzip. Demzufolge gestattet dieser geheimnisvolle Fluß den Frauen in Bremen die Geburt ihrer Kinder nur nach einsetzender Flut. In Bremen kommen alle Kinder während der Flut zur Welt.
Und wie kommt das?
Weil die Undinen dann die Herrschaft über die Weser zurückerobern, und die Honnen vertreiben?
Weil die Weser dann ein anderes Magnetfeld bekommt?
Weil irgendwelche ominösen Schwingungen was machen?

Alles Quatsch! Die Weser will es so und keiner weiß warum und wie sie das macht. Es bleibt ihr Geheimnis, und das lassen wir ihr, auch wenn unsere Angst vor dem Unerklärlichen unerträglich ist.
Womöglich nämlich, hat die Weser eine Seele, oder gleich mehrere. Hier wendet sich die Wissenschaft verschnupft ab, weil sie sowas wie eine Seele nicht verstehen und erklären kann. Da ist die Wissenschaft schon am Ende, da, wo das Wissen erst beginnt.

Oder hat der Allmächtige gemacht, daß die Kinder in Bremen alle bei Flut geboren werden? Oder der Andere? Würde so einer sich denn herablassen zu einem Weib, das gebären will? Kann ich mir schlecht vorstellen, höchstens, vielleicht, wenn es ein Knabe wird. Aber nein, der hat mit Ebbe und Flut bestimmt nichts am Hut. Wo doch Ebbe, Flut und Weser alle Weiblich sind!

*

Wer weiß schon daß die Weser eine Seele hat, und die Elbe natürlich auch. Die ist nämlich die Schwester der Weser, und der gemeinsame Vater ist der Rhein. Die Mutter der Elbe ist die Donau, und die der Weser, was für ein gewaltiger Seitensprung!, die Themse, die ehrwürdige Dame ... Wenn ich mir das mal bildlich vorstelle! ...

Die Weser gab´s ja schon ewig, hatte aber immer noch keinen Vater. Ende Mai lag der alte Rhein wieder mal splitterfasernackt in der Sonne. Aalte sich unter ihren heißen Küssen, und träumte von der Themse.

Einmal hatte er ihren Schoß gesehen, und all die Wassertiere, die sie ins Meer gebar. Ein gewaltiger Sturm hatte ihn bis an ihre Mündung geweht. Einmal nur, in seinem ganzen langen Leben. Und diesen Schoß, diese Schönheit, konnte er nicht wieder vergessen.

Von der Themse träumte der alte Rhein unter den heißen Sonnenküssen, begann zu schweben, aufzusteigen als blauer Dunst, höher und höher, wurde zur Wolke die gen Westen zog.

Und wuchs. Dunkelte. Wetterleuchten in ihren Schluchten über der Nordsee. Über die Themse tief dort unten legte sich ihr Schatten. Blitze, Hagel, Sturm ... und so bekam die Weser endlich ihren Vater – Vater Rhein.

Und gleitet unentwegt in ihrem Schlängelbett durch die Zeit ins Meer hinaus.
Ob sie denn auch Kinder hat, die Weser? Glaub schon, daß es ihre Kinder sind, oder ist sie das große Kind, der vielen kleinen Bäche und Flüsse die sich mit ihr vereinigen?
Da ist ja schon wider solch ein Rätsel, das den Verstand zur Verzweiflung bringen will! Wie das Rätsel um das unbefleckte Ei, das wir, in einem Akt intellektueller Notwehr, mehr schlecht als recht gerade erst gelöst haben. Und nun das noch!

Kein Zweifel; all die kleinen Flüsse und Bäche fließen ihr Wasser in die Weser. Sie ist also deren leibliches Erzeugnis; Kind. Ohne sie gäbe es die Weser ja nicht. Und umgekehrt. Es gäbe die vielen Bäche und Flüsse ohne die Weser – jetzt wird´s kompliziert – den Rhein, die Themse, Rhone, Nil, Mississippi, Amazonas, Wolga, Don und sogar sie selber, nicht, denn alle Flüsse fließen am ende ins Meer, verdunsten dort, reisen als Wolke umher, regnen mal hier mal da und überall auf die Erde herab.
So sind wohl alle Bäche und Flüsse auf der Erde auch die Kinder der Weser, so wie aller Gewässer der Erde. Und gewiß ist die Weser das Kind all der Bäche und Flüsse die in sie münden.

Bin ja schon wieder dabei uns den Kopf wegen nichts und wieder nichts zu zerbrechen, und hätte dabei den Eisvogel fast vergessenen. Doch schauen wir uns erst einmal einige Weserkinder an: In Blumenthal fließt die kleine Aue an der Wasserburg und dem Galgenberg vorbei. Weißt schon, der Nachtlauf am frühen Morgen.

Eine Stunde zu Fuß gen Süden fließt in Vegesack das nächste Weserkind, noch eine Aue. Die Aumunder Aue. Denn wo diese Aue mündet heißt Vegesack Au-mund.

Wenn ich nun als Fisch, für mich als Mensch ist nicht genug Wasser in dem Bach, als kleiner Fisch also, aus der Weser in die Aue schwimme, und weiter, gegen den Strom – schwimm du doch einfach mal mit! – kommen wir an Erlenwurzeln vorbei, gleiten über alles mögliche hinweg: zerbrochene Tonpfeifen, Tonscherben, Glasscherben, eine Bierflasche, Porzellanscherben, einen Fahrradlenker, Steine, Sand, Schlamm, zwischen Wasserpflanzen hindurch, und an einem halben Nachttopf aus weißem Porzellan, mit blauen Girlanden verziert, vorbei.
Das Haus am Ufer, aus dessen Fenster das Prachtstück mal geflogen kam, sehen wir nicht. Nichts von dem was sich hinter den Ufern befindet können wir von hier unten aus sehen. Als unruhige Helligkeit erscheint der Himmel über uns, als verschwommenes Grün Zweige der Erlen wo sie über das Wasser ragen.
Jetzt gleitet ein Gänseblümchenblütenblatt über uns hinweg, noch eins, noch eins … das ist das dreizehnte und … es kommen keine mehr … er liebt sie also!
Wenn wir etwas schneller schwimmen, können wir bald dort sein. Auf der Brücke, oberhalb der Mühle, wird das Mädchen sitzen und sich nach ihm sehnen. Und jetzt – Sprung in die Luft … verträumt lächelnd sitzt sie da, schaut aufs Wasser unter dem Wehr und ruft uns zu: „Ihr seid ein Zeichen liebe Fi . . . ."
Sind schon zurück ins Wasser geplumpst. Weiter, das Wehr hoch, über die Brücke in den Teich vor dem Schönebecker Schloß und noch weiter, das schafft kein Fisch. Wir auch nicht.

Die Blumenthaler Aue fließt in die Weser. Bei der Aumunder Aue ist das so´ne Sache. Man weiß einfach nicht, ob die nun auch in die Weser oder in die Lesum fließt. Ist es noch die Weser, oder schon die Lesum?

Das Wasser der Lesum ist Moorwasser, und bei Ebbe als dunkler Fluß am Ostufer der Weser noch meilenweit zu sehen. Bei Flut ist es ... ah, ich weiß schon: bei Flut mündet die Aue in die Weser, bei Ebbe in die Lesum. Endlich ist mal was klar! Gott, sei, dank!

Doch nur etwas weiter, wo sich Hamme und Wümme vereinen, und zur Lesum werden ... was ist?
Wollen wir denn wirklich, als Fisch, Otter, Krokodil oder sonstwas die Weser hoch, durch all die vielen Neben- und Unterflüsse, Kanäle, Rinnsale und ich weiß nicht was noch, schwimmen?
Eine abenteuerliche Reise wäre das schon. Was wir alles hören, sehen, erleben, riechen, schmecken, fühlen würden! Angst und Schrecken. Freude und Glücklichsein. All den Fischen, Pflanzen und geheimnisvollen Lebewesen wie Blutegeln, Krebsen, Wasserflöhen – pieksen die? – Muscheln, Köcherfliegen, Gelbrandkäfern, Kaulquappen, Füßen und Unterschenkeln von Reihern und Störchen, und wer weiß wem noch, würden wir begegnen. Abenteuer auf Abenteuer. Stunden, Tage, Wochen, Jahre, Jahrhunderte wären wir ... aber in hundert Jahren ist die Weser ja nicht mehr da – die Honnen haben sie dann schon lange vorher trockengelegt.

Aber so lange ist das gar nicht her. Sagen wir mal so fünfzig, sechzig Jahre?
Anzeige Bremer Nachrichten: Suche Stelle als Dienstmädchen. Bin fünfzehn. Bedingung: Einmal die Woche kein Lachs.
Wenn das Dienstmädchen von damals heute noch lebt, ist sie jetzt schon fünfundsechzig oder mehr. Wie geht es ihr wohl? Ist sie verheiratet? Oder geschieden? Hat sie Kinder? Womöglich viele Enkelkinder?
Was geht uns das an?! Die Lachse gehen uns an! Die Weserlachse. Wo sind die eigentlich geblieben?!

Wir müssen ja nicht unbedingt Fische oder sonst welche Unterwasserwanderer sein. Zur Abwechslung könnten wir doch mal hoch über der Weser, als Vogel oder Indianerpfeil ins Weserbergland fliegen.

*

Helle Felswand. Unter ihr ein Haifischzahn. Den sehen wir nicht. Ist Moos drüber gewachsen. Und lange her, daß er Fleisch fetzte, im Meer.
Da wo er jetzt liegt, war einmal Meeresgrund. Sturm jagt Wellen drüber hin. Schrille Schreie der Flugsaurier im Sturmesheulen. Sachte gleitet der Hai über Muschelgrund dahin, daß Wasser durch seine Kiemen atmet. Der Zahn unter dem Moos wird ihm nicht wirklich gefehlt haben, wie auch immer er verlorenging. Es waren ja noch viele da … hundert bestimmt … und es darf nicht einer fehlen. Drum wächst auch gleich ein neuer. Bei den Haien stimmte eben alles, auch damals schon. Nun ist es lange her, das Weserberglandmeer.

Den Zahn unter dem Moos sehen wir noch immer nicht, aber die Quelle wie sie aus der Felswand hervor in ein Steinbecken sprudelt, als Rinnsal weiterfließt in einen Teich in dem sich Tannen und Eichen spiegeln und … ein Eisvogel auf seinem Ast über dem Wasser.

Geburt eines Gewässers. Leben bewahrender heiliger Quell. Von alters her haben Menschen hier gerastet, sich an dem klaren Wasser gelabt und den Quell angebetet. Er war ihnen heilig.

Und das ist auch schon lange her: seit Bonifacius eine heilige Eiche gefällt hat, und die Ostfriesen ihn daraufhin erschlagen und, vorsichtshalber, aufgefressen haben.

Hat aber wenig genützt ... trotz alledem hat das Christentum viele Menschen seltsam verändert ... und geprägt ...

Am jenseitigen Ufer des Teiches ein Mann, der zu dem Eisvogel hinüberschaut.
Siehst du auch wie Schleim, in langen grauen Fäden aus seinen Augen sabbert? Das sind seine Gedanken, wie er mit sich selber spricht:
„Fangen mir die Fische weg, die Räuber. Sitz nur da auf deinem Ast! Geschieht dir recht! Verhungern soll deine Teufelsbrut! Und dein süßes Weibchen, ha, ha, ha, war auch gerade in dem Gang, der zum Nest führt, als ich den Stein hineingeschoben habe ..."

An heiligem Ort! Christenmenschenmann! ...

Hab ich mich erschrocken! Mußten wir denn auch unbedingt zu dem Haifischzahn, und diesem heiligen Ort!?

Verdammt nochmal, ja! Wie sonst sollten wir begreifen können, was nicht zu begreifen ist!? ...

Oh Schreck! Der arme Mensch am Kreuz ... alles so vergeblich!!!

*

*   *   *

*

*

*

Durch das Weserbergland fahren wir
Unser Giso hat den Ganzen Bauch voll Bier
Und so fahrn wir immer munter
Berge rauf und Berge runter
Durch das Weserbergland fahren wir

Müssen irgendwie aus der Zeit gefallen sein. Macht auch was
sie will, die Zeit. Einerseits vergeht sie dauernd, andererseits ist
sie immer da. Da und weg, zur gleichen Zeit! Na, das soll ihr
mal einer nachmachen!

Gemeinsam mit der Zeit aus der Zeit gefallen! Und nun sind wir
beide, die Zeit und ich schon wieder im Weserbergland angekommen. Die Zeit sowieso. Ich mit dem Fahrrad und den anderen Sportlern meiner Schulklasse. Hundertzwanzig Kilometer
von Vegesack bis zu der Jugendherberge hinter Bielefeld. Das
schafft nicht jeder mit einem Fahrrad, mit nur einem Gang, an
einem Tag.
Hab´s mit links gemacht. Nur mein Mors (Deutsch: Hintern,
Hochdeutsch: Gesäß) will sich von niemandem mehr hinsetzen
lassen. Unser Abendessen: Brot mit Sanella Margarine und
Pflaumenmus, Kaffee mit Milch und Zucker verzehren einige im
stehen. Irgendwann werden wir auch wieder sitzen können.

Ist aber doch langweilig, so eine Klassenfahrt. Junge Männer.
Intelligenz von Bremen- Nord. Ahnen nichts von der Welt. Sind
wie Babys, elfenlose Babys, und meinen schon ziemlich groß
zu sein.
Viele kleine Greise sind unter ihnen. Noch Teenager, und
schon vergreist. Haben mit ihrem Leben bereits abgeschlossen;
Beamtenlaufbahn. Mit fünfundsechzig in ein ruhiges gesicher-
tes Pensionsdasein gehen ...
Zwei Jungen wollen bei der Sparkasse Karriere machen. Einer
will als Mathematiker in die Industrie gehen. Der Kleinste, Gele,
will Düsenjägerpilot, und der längste, Ott, Maler werden.

Maler. Wo es doch schon so viele Bilder gibt. Was will der denn noch malen?! Vielleicht wie Picasso? Aber wenigstens kein Beamter! Einer wenigstens, der nicht im Geschirr gehen, der seinem Schicksal noch eine Chance lassen will!

In Goethes Faust verkauft einer seine Seele für Erkenntnis. Aber für Geld? Ich weiß nicht!
Höchstens, wenn es eine verdammt billige Seele ist. Und dann aber für viel Geld! Oder. Ja. Wenn sie völlig wertlos ist. Dann ist das vielleicht sogar ein recht guter Deal.
Und Beamter verhökert (Hochdeutsch: verscherbelt) Leib und Seele im Stück? Endgültig?
Prostituierte scheibchenweise? Ihren Leib? Vorübergehend, für nur wenig Geld …wobei die teuersten Huren der Nation in den Fußballvereinen zu finden sind …

Im Grunde hab ich ja von all dem keine Ahnung. Mach mir nur so meine Gedanken. Und so manche Ehe: Prostitution von Leib und Seele bis der Tod des einen den anderen erlöst? Möglich. Sind nur so eine art Denkmodelle, die man verstehen will, oder nicht.

Wo bin ich denn hier? Riecht nach abgestandenem Bier, Schweiß, heißem Blech, Schminke, Veilchen, Glockenturm und vielem mehr. Auch unbekannte Gerüche, wie die von einer Fledermaus. Kopfüber hängen sie da drüben dicht aneinander. Und dieser feine Mondlichtduft kann nur von ihren braunen Samtfellchen sein.
Die Eisentreppenstufen sind wohl seine Rückenwirbel. Touristen trampeln darauf rum. Mal aufwärts mal abwärts. Er ist sehr groß. Riesenriesengroß. Viel größer noch als Rübezahl. Und ganz aus Blech. Hermann der Cherusker. Rückgrat, Knochen und Eingeweide: Eisen, Holz, Kabel, Lampen, und Besucher, deren Stimmen wie Verdauungsgeräusche durch den Riesenkörper hallen.

In Hermanns hohlem Kopf ist es ehr gemütlich, oder hab ich mal wieder Halluzinationen?
Ein Sofa, reicht von einem Mundwinkel rund um den Hinterkopf zum anderen Mundwinkel. Tausend Stufen erstiegen. Da sitzen sie nun und ruhen sich aus: Kinder, Frauen, Männer. Und sind sowas wie das Gehirn von unserem ollen (Niederdeutsch: vertraulich wie: alter Junge) Hermann.
Ob er damit wohl was denken kann? Aber was? Vielleicht ... versuche mal die Welt mit seinen Augen zu sehen. Die mindestens fußballgroßen pflaumenförmigen Löcher unter der hohen Stirn werden wohl seine Augen sein. Mal sehen.
Weit über das Waldland schauen sie auf die ferne Weser und ... wie es scheint, sehe ich ... Eckart und Arwed und, auch mich, in ferner Zukunft in der Weser Schwimmen!
Hermann ein Zauberer, der in die Zukunft schaut! Wer hätte das gedacht! Das ist ja wieder mal richtig spannend!

Totenkopfschwimmen? Vier Stunden ohne Pause im Wasser! Wer hat sich das denn ausgedacht? Keiner? War plötzlich da, die Idee. Soll sehr schwer sein – vier Stunden schwimmen. Könntens doch versuchen, mal sehn ob´s geht.

Ist auch gerade auflaufendes Wasser. Und Sommer. Und schön warm scheint die Sonne auf uns herab. Arwed, Eckart und ich – Hechtsprung vom Strand vor der Gespensterwiese in die Weserfluten. Sieben Kilometer ungefähr, bis zum Schönebecker Strand – ob wir das schaffen?.

Kleine aufmuckende Welle schwappt mir in den Mund. Pfüt! In die Weser zurückgespuckt. Hat nicht geschmeckt. Eine Boje. Ein schwarzes Faß mit Stiel, der, durch die Strömung leicht geneigt, wedelnd aufwärts ragt. Markiert den Anfang der Fahrrinne oder das Ende, wie man will.

Schwarzes Blech. Sonnenwarm. Große weiße Zahl. Haltegriff. Die Strömung hebt mich leicht – ist, wie wenn die Tonne mit mir durchs Wasser fährt.

Auf uns zu schwimmt eine gelblichbraune, leicht gekrümmte Wurst. Hunde gehen ja nicht aufs Klo. Menschenwurst also. Das Weserwasser hat wirklich nicht geschmeckt. Nenne nur eine Adresse:

Strandlust
Bremen – Vegesack
Rohrstraße 11

Wo die Rohrstraße bei der Strandlust endet, geht das Rohr in die Weser. Bei Niedrigwasser sieht und hört man das Vegesacker Abwasser in die Weser Rauschen. Da müssen wir dran vorbei, wenn wir bis zum Schönebecker Strand wollen. Und das wollen wir. Trainieren fürs Totenkopfschwimmen.

Schwimmen – na ja, zwischendurch, wenn ein Dampfer des Weges daher auf uns zu kommt, schnell zur Seite in flacheres Wasser schwimmen. Ansonsten liegen wir als „Toter Mann" auf dem Rücken mitten im Fahrwasser, und lassen uns gemütlich auf unser Ziel zutreiben. Dabei müssen wir höllisch aufpassen, daß wir jedes auf uns zukommendes Schiff rechtzeitig bemerken, damit wir ihm aus dem Weg schwimmen können.

Sechs Kilometer sind es bis zum Vegesacker Rohr, an dem wir mit reichlich Abstand vorbeitreiben. Zwei Stunden waren wir unterwegs als wir bibbernd aus dem Wasser steigen und uns auf den warmen Sand in die Sonne legen.

Als die Flut ihren höchsten Stand erreicht hat, und die Ebbe einsetzt, sind wir wieder soweit aufgewärmt, daß uns das Weserwasser angenehm kühl erscheint.

Trotzdem uns der Ebbstrom so schnell mit sich fortträgt, daß er uns in kaum einer Stunde zurück an unseren Strand spült, sind wir doch wieder so ausgekühlt, daß wir froh sind wieder an Land zu sein. Totenkopfschwimmen? Vergessen wir's einfach.

Allen Rohren, Würsten und Gefahren zum Trotz übt der große Strom, seit mir die reizende kleine Undine in ihm begegnet ist, einen seltsamen Zauber auf mich aus. Ich muß ihn fühlen, an meinem Körper, wenigstens einmal am Tag.

*

Jetzt, wo das Wasser der Weser noch so an die 19° Celsius warm ist, kommen mein Bruder Eckart und unser Freund Arwed gerne mit zum Schwimmen. Wenn es aber kälter wird, Herbst, Sturm die letzten Blätter ... sie lassen sich drauf ein, Eckart und Arwed. Gemeinsam wollen wir Heiligabend bei Moll über die Weser schwimmen. Das hat vor uns bestimmt noch keiner gemacht.

Dazu braucht's ja auch ganze Kerle! Wie uns! Weit mehr als dreihundert Meter durch eiskaltes Wasser schwimmen! Ob das überhaupt geht?! Dafür müssen wir trainieren und uns abhärten, das ist schon mal klar. Jeden Tag, bei jedem Wetter, wenn es nicht gerade in Strömen gießt, gegen 15°° Uhr an den Strand und ins ständig kälter werdende Wasser.

Doch man friert ja nicht alleine. Und will auch kein Muttersöhnchen sein. Erst mal bis zu den Knien. Dann, mit viel Überwindung, die kalte graubraune Brühe auf Bauch und Brust planschen und mit einem erlösenden Hechtsprung raus aus der Misere. Als ob das kalte Wasser wärmt, wenn es mich ganz umschließt, fühlt es sich an.

Und der eiskalte Wind kann mich nicht mehr anwehen. Richtig gemütlich, geborgen.
Aber dann – Handtücher? Das macht der Wind! Laufen tanzend Strandauf Strandab, bis wir trocken und wohlig warm geworden sind.

Nur die Badehose ist noch naß. Und da drunter, das Thermometer, Minusgrade zeigt es an. Das ist, ab weniger als drei Zentimetern Länge. Übertreibt mal wieder, ist oft sehr ungenau.

*

Unser ungewöhnliches Badevergnügen ist zu einem Ritual geworden, das wir nicht mehr missen möchten. Es nimmt uns mit, in ein Erleben, das nur uns gehört – in eine Welt, die allen sonst verschlossen bleibt. Nur wir dürfen die unmittelbare Nähe der Weser, unsere Berührung mit ihr, zu einer Zeit erleben, in der man sich ansonsten tunlichst hütet ihr zu nah zu sein.

Ende November. Schwimmen auf unsere Tonne an der Fahrrinne zu. Dunkelgrauer Himmel – tief hängt er über uns.
Vereinzelt sinken große grauweiße Flocken aus ihm herab, und vergehen in den Fluten.
Schau ihnen zu, wie sie schaukelnd hernieder taumeln, als suchten sie nach festem Grund, bis sie einsinken in die trüben Wasser und vergehen.
Wie lauter weiße Schmetterlinge, um uns her. Die Welt tanzt einen stillen Traum. Beruhigend, erregend.
Die Pappeln hinter unserem Strand, versinken in grauweißem Getaumel. Die schwarze Tonne setzt sich eine helle Mütze auf, hüllt sich ein in Weiß und Grau … in der Weser schwimmen wir, und es schneit …

Dann – kein Land mehr in Sicht. Die Tonne auch nicht! Wo sind wir? Irgendwo in einem kalten Traum?
Irgendwo? Nicht mehr auf der guten alten Erde? – tuuuuuuut, tuuuuuuut, tuuuuuuut!
Doch! noch auf der Erde, wenn auch immer noch im Wasser. Aber wo denn eigentlich?!
Selbst das Wasser ist kaum noch zu sehen, nur herabsinkende Flocken – tuuuuuuut, tuuuuuuut, kommt näher, das Nebelhorn. Natürlich, die sehen ja auch nichts mehr, die auf der Brücke, und uns auch nicht!

Kaum zu erkennen, mehr ein Ahnen, ein gewaltiger Schatten schiebt sich dicht an uns vorüber, läuft mir eiskalt den Rücken runter, wirbelt Flockentreiben hinter sich her.

Da sind die Pappeln wieder! Und der Strand – ganz weiß, mit drei Schneehäufchen ... unsere Kleidungssachen?

Noch nie barfuß im Schnee so weit gerannt, und so warme Füße!

*

Irgendwie ist es uns gelungen unsere Unternehmungen geheim zu halten. Man hätte uns ja für verrückt erklärt. Sind wir ja wohl auch, und es reicht doch daß WIR das wissen. Dennoch, unsere Eltern, die als einzige, von unserem Weihnachtsvorhaben abgesehen, eingeweiht sind, scheinen uns für unser Durchhaltevermögen zu bewundern.

Und wir halten durch bis tief in den Dezember hinein. Nachtfröste schon im November. Nun auch Tagsüber Minusgrade. Auch mal Schnee. Doch abgehärtet wie wir inzwischen sind, halten wir uns für unbesiegbar, für unsterblich sogar! Heiligabend kann kommen! Wir sind bereit!

Und er kommt, am späten Morgen schon. Die Sonne strahlt ihr nicht mehr sehr warmes Leuchten in den Wintertag. Die Seele wärmt es allemal.

Nicht gegen 15°° Uhr, wie all die anderen Tage, punkt 12°° Uhr wollen wir es wagen. Dann liegt kein Frühstück mehr schwer im Magen. Doch ein trockenes Brötchen soll er noch haben, damit er zufrieden ist, und nicht auf dumme Gedanken kommt; Krämpfe oder so.
Ob wir es schaffen? Auf alle Fälle wollen wir, wie gewohnt, erstmal zu unserer Tonne schwimmen, und dort entscheiden, ob wir es wirklich wagen wollen ganz rüber zu schwimmen.

*

12°° Uhr am Strand. Hochwasser. Keine Strömung mehr. Schnell aus den Klamotten! Alles Routine!
Da ... seltsames Glitzern unter der Sonne ... doch nicht etwa Eis?! Und wenn schon, dann eben erst recht!

Wie wir auf die Tonne zuschwimmen treibt tatsächlich eine kleine Eisscholle an uns vorbei. Durchsichtig wie Fensterglas und auch nicht viel dicker.
Die Tonne selbst hat einen glitzernden Gürtel um ihrem Bauch ... weiterschwimmen oder zurück?
Weiter, erstmal zu der Tonne dort gegenüber, dann sind wir ja schon fast drüben.
Zwischen den Tonnen viele kleine Eisschollen. Irgendwie märchenhaft, mit ihnen hier draußen im großen Strom zu schwimmen. Unwirklich wie damals die Schneeflocken über dem Wasser, und das Nebelhorn.

Endlich die zweite Tonne hinter uns, und Grund unter den Füßen! Wir sind vor der Fähre da. Bis die anlegt, haben wir uns wieder warmgelaufen. So einigermaßen jedenfalls.
Nun aber doch bibbernd, besteigen wir die kleine Fähre und lassen uns übersetzen.
Als sie dann an unserer Uferseite anlegen will, laß ich es mir nicht nehmen, vom Heck in den Fluß zu springen, um die letzten paar Meter bis zum Strand noch zu schwimmen. Wäre doch gelacht, wenn ich das nicht auch noch könnte!

Es sind ja nur wenige Meter, und dennoch ... Eisenbänder haben sich um meine Brust gelegt. So kommt es mir vor. Und kann keine Luft mehr holen als ich auftauche und gleich wieder absacke, weil die Arme auch nicht mehr wollen ... das war´s dann wohl ... Hilfe! ... Undine! hilf mir bitte noch einmal!
Die Beine wollen noch, lassen sich gebrauchen. Meine kleine Undine hilft mir noch einmal. Krabbel auf allen Vieren die Unterwasserböschung zum Strand hoch und bleib dort, noch halb im Wasser, erstmal liegen.

*   *   *

Jeder Winter geht einmal zu Ende, und es kommt ein neuer Mai. Das ist gewiß! Ob man ihn aber erleben wird, ist nicht so sicher, schon gar nicht, wenn man Sachen macht wie ich.
Noch ist Winter, 14. Januar, bin heute neunzehn geworden. Gedi ist erst siebzehn, und hatte sich auch im Eisnebel verirrt. So wie ich. Hat da aber wieder rausgefunden. Mächtige Verbündete haben sie dabei begleitet. Davon aber wußte ich nicht. Nur daß etwas in ihr lebt, das dem Eisnebel trotzt, spürte und erlebte ich.

Gedies Elternhaus ist sehr klein, mit einem sehr spitzen Giebel, am Rande eines verwunschenen Waldes. Daß dieser Wald verwunschen ist wußte ich auch nicht.

Manchmal nahm Gedi mich mit, in ihren Wald. Erzählte von ihren Freunden, russischen Kriegsgefangenen, die sie Ljubuschka nannten. Denen sie manchmal ein stück Brot oder einen Apfel ins Lager geschmuggelt hat.
Ganz gleich was sie erzählte, ob ich es verstand oder nicht, es berührte mich, weckte eine seltsame Sehnsucht nach etwas von dem ich nicht wußte was es war.

Gedi sprach aber nicht nur mit mir. Sie sprach auch mit Pflanzen und streichelte sie, und mit Bäumen, die sie umarmte.

Wußte gar nicht was ich davon halten sollte – einerseits und andererseits; spinnt Gedi vielleicht, und ich sollte mich lieber von ihr zurückziehen … oder reicht mein Verstand nicht aus, um zu begreifen, was da wirklich geschieht?!

Was mir fehlte, war nicht der Verstand. Es war ein vom normalen Wahnsinn befreites Bewußtsein!
Damals wußte ich das noch nicht. Auch nicht, daß gerade die Bäume, die Gedi umarmte, ihre mächtigen Verbündeten waren die sie auf dem Weg aus dem Eisnebel begleitet Hatten.
Auch wußte ich nicht, daß Gedies verwunschener Wald mich verhexte, sodaß ich ihr einfach alles glauben mußte, egal was sie sagte, oder tat, ob ich nun wollte oder nicht …

In einem aber waren wir uns einig: daß wir unsere Väter nicht mehr ertragen konnten. Gedi hatte beschlossen Abitur Abitur sein zu lassen, und sich zu der Familie ihres Onkels nach Schweden abzuseilen.
Am Tag ihrer Abreise gab sie mir ihre Adresse in Schweden. Ich würde später nachkommen. Zum Abschied schenkte sie mir ein seltsames Buch: „Der kleine Prinz" …

Für das, was da geschrieben steht, hatte ich ebensowenig Verständnis, wie für Gedies Getue mit den Pflanzen und Bäumen.

Ich fand den „Kleinen Prinzen" albern und langweilig. Was interessiert es mich, ob irgendein Kind einen Schlapphut oder eine Riesenschlange mit einem Elephanten im Bauch gezeichnet hat?! Und der Mann, der mit seinem Flugzeug in einer Wüste notgelandet ist, und sich bemüht seine Maschine wieder flott zu bekommen, soll für einen kleinen Prinzen, der angibt von einem Stern gekommen zu sein, ein Schaf zeichnen! Dümmer geht´s doch wirklich nicht, oder?

Dabei hat eben dieses kleine Buch auch zu Gedies mächtigen Verbündeten gehört.

*

Man muß mir, und sicherlich noch anderen ja zugute halten, daß Antoine de Saint-Exupery dem Leser schon ziemlich harte Nüsse zu knacken gegeben hat. Das, mit der Riesenschlange und seiner Malerlaufbahn, erklärt er ja ganz gut, außer, daß mit seiner Malerlaufbahn wohl seine Entwicklung als Mensch gemeint ist.
Daß er, als er aufgehört hat zu zeichnen in Wahrheit aufgehört hat sich zu erlauben er selbst zu werden.
Daß er seinen Weg zum Leben hin verlassen hat sich mit Erdkunde zu befassen, damit er jederzeit weiß, wo er sich befindet, auf der Erde, nicht im Leben!
Das stand da nicht geschrieben, und ich hab erstmal nicht verstanden, worum es überhaupt ging. Was damit gemeint ist, daß er dem kleinen Prinzen ein Schaf zeichnen sollte … na ja, irgendwann, Jahre später hab ich dann begriffen daß das Schaf er selbst sein würde, sein verkümmertes Ich …

Zeichne mir ein Schaf = zeig dich mir!

Ich kann dir kein Schaf zeichnen = ich bin nicht ich geworden!

Nun ja, was dabei herauskam, als der Ärmste dann doch versuchte Schafe zu zeichnen, konnte dem kleinen Prinzen natürlich nicht gefallen: das eine war krank, das andere alt und schwach, das nächste hatte gar bedrohliche Hörner und dann, als der kleine Prinz endlich sein Schaf hatte – das in der Kiste – das er sich selbst ausdenken durfte, wollte der kranke alte Hörnermann des Prinzen Schaf auch noch mit einem Strick an einen Pflock anbinden. Wollte es ebenso fesseln, wie man ihn von Kind an gefesselt hatte.

*

Vorerst jedoch, bin ich wohl auch noch irgend so ein Schaf, das alles andere ist, als sich selbst.
Ich selbst war ich ja immer mal wieder – wenn meine Elfe bei mir war. Doch ist das nun schon so lange her, daß ich mich kaum noch daran erinnern kann.

Übrig geblieben ist so was wie ein Brunnen ohne Wasser, nicht mal so ein krankes Schaf.

Ich werde, per Anhalter, nach Schweden fahren, am 5. Mai. Gedies Onkel wird auch mich willkommen heißen. Gedi wird Pflanzen streicheln und mit Bäumen reden, und sie umarmen.

Ich werde ihnen im Wald mit Axt und Säge ans Leben gehen … vorerst jedenfalls.

*

*

*

NACHHILFE IN PSYCHOLOGIE, ETHIK UND PHILOSOPHIE FÜR ALL JENE POLITIKER, DIE IN IHRER SCHEINWELT BEFANGEN LEBEN MÜSSEN, UND UNTER MANGELHAFTEM BEWUSSTSEIN ZU LEIDEN HABEN.

Und ihr drei so leeren Seiten, was wollt *ihr* denn noch von mir? Soll mal was ganz alltägliches erzählen? Ist doch nicht euer Ernst! Doch? Na denn:

Mit dem Frühsücksei, das dich so friedvoll freundlich anschaut, fängt dein alltäglicher Raubzug an, der erst zum Abendbier sein Ende finden wird.

Wollte dich ja nicht erschrecken, dir deine gute Laune nicht verderben, ich frag mich nur – vielleicht – ob du mal "danke" sagst – "danke, liebes K.Z. Huhn, daß du mir, bei so viel Leid; du hast ja dein trauriges Leben lang nicht mal ein einziges Mal deine Flügel ausbreiten können, in deiner "artgerechten" Folterkammer, daß du mir dabei dieses kleine, dir geraubte Wunder der Schöpfung beschert hast" …

Bereits auf deiner freien Fahrt, für freie Bürger, zum Supermarkt, haben Windschutzscheibe und Kühlergrill manch kleinem Lebewesen das Leben genommen

Vom Gang durch den Supermarkt will ich lieber nicht sprechen; zum Einen, würden die nächsten Buchseiten nicht ausreichen all das Elend zu beschreiben, das sich hinter den Waren in den Regalen verbirgt, zum Anderen denke ich ja gar nicht daran, unsere so schon nicht mehr ganz unbeschwerte Laune ins Bodenlose abstürzen zu lassen …

Dann ist da ja noch dein Abendbier: Seit Urzeiten das Zuhause so vieler Pflanzen und Tiere, mußte Urwald dem Anbau von Hopfen und Getreide weichen. Für dein Abendbier.

Deswegen brauchst du aber nicht gleich ins Grübeln kommen – ist ja alles rechtens. Was der Mensch so macht – faustrechtens allemal ...
Eh ich nun aber doch noch ins Grübeln komme, stell ich mir lieber schnell die heile Welt der Felsentauben vor:

Eine Felswand – überall Leben.

Beachte mal nur die Tauben, die in ihren Nischen und kleinen Höhlungen wohnen, ihre Nestmulden notdürftig mit Hälmchen und Federn auslegen, sich verlieben – ihre zwei Eier, später ihre Kleinen dann, liebevoll zärtlich betreuen und versorgen –

Sich nun vorzustellen: kein einmal entstandenes Lebewesen würde mehr sterben, bedingt, sich vorzustellen, daß kein neues Leben mehr entstehen würde ...

Stell mir eine Art Blackout vor – alles schwarz, dunkel, grau oder so, denn, in dem Augenblick, in dem die Weltenseele ihre Hände in den Schoß legt, erlischt mit ihr alles Leben ...
Das weiß ich ganz sicher, und kann nicht einmal sagen wieso und woher ...
Geheimnisvoll, das Ganze? Ein unlösbares Rätsel? Was auch immer, die Tauben haben es für sich gelöst:
Wer sterben muß stirbt, wer leben darf, lebt ganz ohne Angst, verbunden mit der Weltenseele in seiner Liebe zu seinem Gefährten und seinen Kindern ...

Der Tauben Liebe, Achtsamkeit und Würde wärmt meine Seele. Es verbindet diese Friedensboten mit der Weltenseele, mit der auch ich mich verbunden weiß. Lieb- Würde- und Achtlosen jedoch, ist die Weltenseele fremd ...
Schade um sie. Sehr, sehr schade um sie, und das müßte nicht sein!: ein bisschen Würde, ein ganz klein wenig Würde nur, könnte schon helfen ...

Doch Würde, sag, was ist mit dir?! wo bist du nur geblieben!!!

In K.Zts, in den Erdboden getrampelt bin ich worden und davongesegelt, in Gewitter- Schäfchen- Abendrotwolken – und hab Asyl gefunden – bei den Tieren ...

Doch **mehr denn je,** bin ich wieder auf der Flucht ... bei Tieren werde ich nun in den Kot getrampelt – kein Erdboden mehr unter uns – kein Himmel über uns, kein Wölkchen, nicht Mond nicht Sonne oder Sterne mehr – Neonröhren zittern kaltes Licht über die grausigen Tierstimmenklagewolken endlos großer Folterhallen ...

Hölle, wer nur hat dich auf diesem Planeten zugelassen!? ... ich verrat´s mal gleich:
Die angeblich "mündigen" Wähler, die, welche mit dem Kauf von K.Z. Eiern solche Höllen finanzieren ...

*　　　*　　　*

Es war einmal eine Zuckertüte, und Lesen und Schreiben lernen:

ABC die Katze lief im Schnee
Als sie wieder rauskam
Hat sie weiße Strümpfchen an

ABC ... wie? war verkehrt? muß heißen: hatte sie weiße ... !

Reimt sich doch nicht, und überhaupt ... wo du mal wieder rumpopelst! ... weit hinter der Front jedenfalls!

ABC – Gehirnwäsche? was noch? Erziehung, Pädagogig, Dressur? Wohl von allem was drin –

ABC die Katze ... haben sie alle, Helden wie Nichthelden in der Schule gesungen, und sich dabei vorgestellt, wie die Katze ganz niedlich friedlich, harmlos so im Schnee spazieren geht –

Später dann: Geschützdonner, Gewehrsalven, eisenhaltig und verstunken die Luft ... wie paßt das zusammen?
Hier stapft Kätzchen friedlich im Schnee herum.
Da fetzt Eisen Eingeweide aus jungen sportgestählten Männern, auch mal Frauen – wie paßt das zusammen?, kann mir das mal einer sagen?

Es hat gepaßt, aber wieso?

Ach ja, unser Kätzchen. Im Schnee hat es weiße Strümpfchen an – so niedlich, harmlos – dann: gedärmefetzend greift es Vögel, Mäuse, Eidechsen, Schmetterlinge – das will keiner wahrhaben, paßt nicht ins Eierkuchenbild ...
Die weißen Strümpfchen nur, und sind unsere Freunde, die Kätzchen ...

Wie die Kanonen auch. Solange sie Schweigen.

Wenn sie dann gesprochen haben, brauchen viele keine Freunde mehr ...

Und die Katzen? machen weiter, ganz langsam, ganz leise, und haben keine weißen Strümpfchen an ...

*

Von Scheinwelt geträumt. in Nacht und Schlaf. Wo kam er her, der Traum?

Wort des lebendigen Gottes* – würde mancheiner sagen. Laß sie nur! wer weiß!

Er kam im Traum – ein Vogel – Paradigma, sein Name – mein Ich, in Vogels Brust, hängt über der Scheinwelt – klares Wasser lädt zu erquickendem Bade ein.

Paradigma, so heißt der schöne Vogel dort oben, und das bedeutet: meine Sicht der Welt.
Auch birgt er meine Seele, dazu auch noch mein Ich! au weia! wenn das man gut geht! ...

Wegsehen? weglaufen? geht nicht! will mir doch was offenbaren, der Traum!, besteht auf ungeteilter Gegenwärtigkeit –

Was das wohl werden soll?!
Ich ahne, ahne ... na lieber nicht auch noch aussprechen – ist so schon schlimm genug!
Und hilft alles nichts ... der Traum träumt unbarmherzig weiter, nimmt mich einfach mit – mich, der ich der Vogel "Paradigma" selber bin.

So nimmt das Schicksal seinen Lauf:
Da unten – einladend das klare Wasser – welcome to wellness! schimmert in bunter Leuchtschrift von seinem Grunde auf – daß man auch ja nicht weiterfliegt! welcome to wellnessland! und das ganze Badevergnügen ist fein säuberlich umfangen von einem großen calgonsauberen Glas.

* In diesem Fall ist der Katholikengott gemeint, der, allemal in Köpfen vieler Katholiken, als Paradigma existieren soll.

Die durchsichtigen Seiten sind bauchig, wie bei einem Faß. Die Öffnung oben – ziemlich schmal. Es gibt Sektgläser, die eine ähnliche Form haben.

Doch was hilft es mir, das Sektglaswissen; mir, dem Vogel, der Paradigma heißt und die Seiten des Glases gar nicht sieht, weil sie viel zu sauber sind?!
Nur die verheißungsvolle Wellness Leuchtreklameschrift – die wunderschöne Scheinwelt da unten, das Trugbild das verlockende, das seh ich wohl.

Bedenkenlos fliege ich kopfüber in das große Glas – bade, plansche nach Herzenslust in diesem Wellness Pool.

Nun wird mir kalt, will da wieder raus ... kein Raum meine Flügel zu entfalten ... gefangen, hinter rein gespültem Glas ...

Die kleine Spanne Zeit, die reicht, um mich, den Vogel zu ertränken ... in der schönen Gaukelwelt ... ist wirklich nicht der Rede wert ...

Hier endet die Wiedergabe des im April 2009 tatsächlich geträumten Traumes, und der Versuch, ihn zu begreifen beginnt.

Und wie seh ich nun aus? als in Wellness ertrunkener Vogel! in meiner Scheinwelt unter- und verlorengegangen – smalltalkregendurchtränkt – Federn durchnäßt, verwurschtelt – Augen, die ungläubig ins Leere starren – Schnabel aufgesperrt, wie um sich zu beschweren, oder zu schreien, oder noch einmal dringend Luft zu holen, oder den Smalltalk aus der Lunge auszuspucken, oder, oder, oder – nichts weiß man, rätselt nur sinnlos in der Weltgeschichte rum, in seiner paradigmatischen Weltgeschichte rum.

Was für eine "Weltgeschichte" soll das denn eigentlich sein?! Ein wenig Geduld nur noch, bitte, will gleich versuchen sie zu erklären. Doch erstmal:

So also seh ich, der tote Vogel, in meinen Scheinweltaugen aus. Doch was ist aus mir – meinem Ich, meiner Seele denn geworden?

Nun ja, mein Ich war ja schon immer etwas dürftig, und meine Seele – wo die sich mal wieder rumtreibt?! hält wohl auch nicht allzu viel von mir, der ich seelisch ja die meiste Zeit ehr tot als lebendig bin.

Aber diese verdammte paradigmatische Welt, diese Scheinwelt also, was ist denn die nun wirklich? doch nicht so´n bisschen Wasser, in einem geträumten Glas?!
Sollte dieser Traum wirklich das Wort des lebendigen Gottes sein, hat dieser ja nur in Metaphern gesprochen – machen Götter doch gerne, wenn es die mal gibt.

Ja die Scheinwelt! die ist ja auch so schwer zu erklären, weil es die ja gar nicht wirklich, eben nur scheinbar gibt!

Und dennoch! für viele Menschen ist es ihre ganze "Wirklichkeit!" – Bettelarmut! – doch nützt kein Betteln nicht – das Schicksal hat einen Igel in seiner Tasche, traut sich nicht, nach Lebensreichtum zu greifen – der Ärmsten Not zu lindern …

Soweit ist jetzt ja alles geklärt, und wir könnten es uns nun doch eigentlich in unserer Scheinwelt wieder bequem machen …
Können wir aber noch nicht, weil da irgend etwas nicht zu stimmen scheint, alles nur Gefasel gewesen sein könnte, was ich da so zum Besten gegeben habe!

„Wieso Scheinwelt?" fragst du dich nun doch. „bin ich denn bekloppt?! soll die große Tanne da nur scheinbar da sein? die ich doch so deutlich sehe, die mir eine Beule macht, wenn ich meinen Kopf an ihren mächtigen Stamm schlage – die nach Harz duftet, Nadeln hat die piksen können, Äste und Zweige, die sich nur schwer zerbrechen lassen, aus deren Holz sich Bretter sägen lassen, wenn man sie gefällt hat – ist das nicht alles Wirklichkeit, kein Schein?!

Ja, schon Wirklichkeit. Aber eben NUR Wirklichkeit. So, als wenn ich sagen würde: ei, wer kommt denn da daher?!, eine feine Leber mit Blase Darm und vielen Knochen, verpackt in Fleisch und Haut.
Könnte eine Ratte sein, eine Kuh, ein Mensch, so wie die Tanne auch eine Kiefer sein könnte, eine Fichte und sogar, eine sehr alte Eibe.
Alt. Zeit. Ja die Zeit. Wo ist die denn eigentlich geblieben?, hat die sich denn raus geschlichen, aus der Wirklichkeit?
Hat sie tatsächlich! ist einfach abgetaucht in die Vergangenheit, rüber geflogen in die Zukunft und hat uns hier sitzen gelassen, ohne die Zeit, mit UNSERER "Wirklichkeit", die es natürlich nicht gibt, ohne die Zeit!

Doch der Lindenbaum, der ist noch da! selbst wenn man ihn längst schon gefällt hat, sein Holz zu Särgen verarbeitet und mit Leber, Niere und Blase vergraben hat.
Dieser Lindenbaum, den man in Wirklichkeit nicht mehr sieht, lebt noch, ist noch da. Wie ist das denn möglich?! …

In unserer Scheinwelt allerdings, wird er nicht mehr existieren – die hat ihn aus den Augen verloren … ein Lied hat ihn "unsterblich" gemacht – den Lindenbaum, am Brunnen vor dem Tore …

Die "Winterreise" hat ihn in viele Menschenherzen eingepflanzt. Dort lebt dieser Lindenbaum in seinem Lied …

Ja, gewiss, Schein auch, aber auch Schönheit – vielleicht etwas Wahrheit schon die nicht mehr ganz an Zeit und Raum gebunden, und vielleicht sogar etwas unsterblich ist! ... ehrlich! wer kennt sich da schon aus?! ...

In der Scheinwelt ja, da sind wir doch zuhause wie in der Wirklichkeit –
Die wahre Welt aber, wo finden wir die?! ...

Und das ist gar nicht so leicht:
Wenn du sie wirklich suchen willst, mußt du erst einmal dein Ego in die Wüste schicken, deine streunende Seele einfangen, und versuchen, sie mit wildfremden Seelen zu verbinden.

Mit der Seele eines Adlers vielleicht, den Seelen von Delphinen, Ratten, Raben, Spinnen, Schmetterlingen ... was äußerst schwierig, für Otto Normalverbraucher schier unmöglich, und doch ganz einfach ist.
Wenn dir das gelingt, kannst du mit Hilfe jener fremden Seelen und viel Glück die Begrenzung deiner Scheinwelt, wie eine Rakete die Schallmauer, durchstoßen, und einen Bewußtwerdungsurknall erleben, der dich auf den Weg zu wahrem Leben führt ...
Geht natürlich nur, wenn man selbst eine Seele hat. Aber da soll´s ja oftmals hapern ...

Und eh ich´s doch noch vergeß:
Wenn Fritzchen behauptet, Schmetterlinge hätten keine Seelen, bedeutet das nicht, daß Schmetterlinge keine Seelen haben. Es bedeutet nicht einmal: daß Fritzchen die Seelen der Schmetterlinge nicht wahrnehmen kann ... (zum unters Kopfkissen legen)

Alles in Allem, unterm Strich, scheint mir das menschliche Bewußtsein nicht sonderlich bemerkenswert zu sein. So schließe
ich mich aus ganzem Herzen Albert Einsteins Einschätzung dazu: „Zwei Dinge sind unendlich, das Universum und die
menschliche Dummheit, aber bei dem Universum bin ich mir
noch nicht *ganz* sicher." an ...

*

Dann ist da auch noch die Kunst ... ja .... natürlich – was aber
verbirgt sich hinter diesem scheinbar so harmlos daherkom-
menden Begriff?
Ein Buch mit sieben Siegeln? Womöglich sogar ein Ahnen um
das ganz große Geheimnis?

Und wenn Werden, Sein und Vergehen dieses Geheimnis wäre
– und vor Allem das Danach – hätte Kunst eine Bedeutung, die
gewiß nicht allzu vielen Menschen vertraut sein dürfte – eben
nur den wenigen, welche Kunst nicht als eine ihr Umfeld ver-
schönernde Dekoration mißverstehen – jene eben, welche geheimnisvolle Botschaften (Kunst = künden) von ihr zu empfangen, durch sie wahrzunehmen vermögen.

Botschaften? Was für Botschaften sollen das denn wohl sein?
Nun ja, geheime eben, die ich mit Worten nicht beschreiben
kann – Botschaften, die, in Kunstwerken verwahrt, nur dort auf-
zuspüren sind ...

Dazu bedarf es allerdings einer grenzenlosen Offenheit, und
der Sehnsucht danach, verborgene Schätze zu entdecken –
Schätze, wie das beglückende Staunen eines Kindes, vor dessen Augen ein Maikäfer seine Flügel entfaltet und mit Gebrumm
auf- und davonfliegt. Oder das Erlebnis eines Teenies, das sich

aus heiterem Himmel unsterblich verliebt – nicht weiß wie ihm geschieht, in den tosenden Sturzfluten Sehnsucht, Glück und Verzweiflung den Verstand verliert … und selig untergeht …

Mit der Jugend vergeht jedoch in der Regel auch die Breitschaft zu derartigen Torheiten – man steuert sein Lebensschiff in ruhigere, überschaubare Gewässer, oder gar in den Hafen der Ehe, wo man sich den Fangarmen einer Scheinwelt ergibt …

Gelegentlicher, mehr oder weniger notdürftiger Sex erinnert vielleicht noch mal daran daß da noch was ganz anderes gewesen sein muß …
Erinnerungsfetzen nur – wie verdorrte Halme, die sich im Abendwind zitternd, in heraufdunkelnder Nacht verlieren – wie kleine, im kalten Schimmer einer oberflächlichen Welt verschämt dahinwelkende Glockenblumen – flüchtige Erinnerung – von dem unbändigen Verlangen überschattet; auf Gedeih und Verderb glücklicher Besitzer des neuesten Modells einer ansehnlichen Automarke zu werden – wieder jemand zu sein …
Flüchtige Erinnerung – überdeckt von dem üblichen Mix realer Notwendigkeiten wie: sich ernähren, sich vor Nässe, Kälte und Gefahren schützen.
Notwendigkeiten, denen WIR UNS unterordnen, als auch von Geflogenheiten überdeckt, wie Beruf, Freizeitgestaltung, Hobby, Familie, soziales Umfeld, Medien.
Geflogenheiten, die UNS SICH mit sanfter, in der Regel jedoch unwiderstehlicher Gewalt zu unterjochen verstehen und in eine Scheinwelt zwängen, die unsere Wirklichkeit begründet … um den Preis unserer wirklich wahren Welt …

WORTE, ja, so sind sie nun mal; spielen mit uns Katz und Maus – würde sie ja am liebsten ganz weglassen, an ihrer Stelle mal ein Kunstwerk betrachten …

Und welches denn mal? – ein Gemälde von Gaugin vielleicht? mit Meer, Strand, Pferden, Männern und schönen Frauen? – kann es kaum erwarten, muß nur vorher schnell noch einen ganzen Berg Wörter durchwühlen, dabei möglichst alle Fragmente der Rätsel Scheinwelt wie Wahrwelt aufspüren, und so zusammenfügen, daß trügerischer Schein und wahres Sein einander unversöhnlich, wie unverwechselbar gegenüberstehen ... ob das was wird? ...

Tarnend und täuschend, gibt sich die Scheinwelt den Anschein die Wahre Welt zu sein, indes diese, von der Scheinwelt Schein überblendet, nur schwer zu orten ist.
So gibt ein Photo eines Menschen einen Teil der Oberfläche seiner realen, meßbaren Substanz mehr oder weniger naturgetreu wieder – Abbild der äußeren Wirklichkeit, in dem man einen bekannten Menschen wiedererkennen kann, das einem zeigt, was gerade geschieht – halt nur die Wirklichkeit – das wesentliche aber, sein Wesen eben; seine Gedanken, Gefühle, Seele, treten auf Photos nur sehr selten in Erscheinung, wobei solche Photos dann auch als Kunstwerke erlebt werden können.

*

Nun steht dem gemeinen Photo eine ganz andere Form der Abbildung gegenüber: das Gemälde ...

Dabei denke ich natürlich nicht an die zahllosen Konterfeis der Ahnengalerien, von denen manch eines es mit zahlreichen Farbphotos in Bedeutungslosigkeit aufnehmen kann ...

Behütet von vier Raben, ruht sie in Worpsweder Erde ...

Wo auch immer ihre Seele sonst noch sein mag, aus vielen ihrer Gemälde, spricht sie zu uns.
Sie hat, als sie malte, Zwiesprache gehalten mit den Seelen der
Menschen, der Tiere, der Bäume, des Windes, des Teufels-
moores – Seele hat sie uns sichtbar gemacht mit ihrer Kunst –
in Demut – und Liebe zum Leben – und starb so jung ...

*

Gedanken, Gefühle und Seelen der Menschen, hat diese junge
Frau aus den Tiefen ihres Seins hervorgeholt, und ihnen Ausdruck verliehen, indem sie das Äußere dieser Menschen oft bis
zur Unkenntlichkeit veränderte, deren Inneres quasi nach au-
ßen krempelte, Wirklichkeit in Wahrheit zu verwandeln suchte
... eine Wahrheit, von der ihre mit nationalistischer Gesinnung

verseuchten Mitmenschen allerdings nichts wissen wollten, und, ihre Kunst verachtend, solche Bilder, zum Spott über Kopf gehängt ausstellen ließen ...

*

Hand aufs Herz! sind wir wirklich so weit entfernt von jener Ideologie die wir inzwischen weit hinter uns gelassen zu haben behaupten? lassen wir uns wirklich berühren, vielleicht sogar erschüttern von dem was Paula Becker Modersons Bilder über Werden, Sein, Vergehen und das Danach erzählen können?

Oder halten wir es, wie eh und je, mit denen, die verächtlich von brotloser Kunst sprechen und meinen: Borstenvieh und Schweinespeck sei ihr allerhöchster Lebenszweck – indes ihre Seelen längst verhungert sind?

Halten wir es nicht gerade mit denen welche die Welt der Kunst für völlig bedeutungslos und überflüssig halten – die, wie ein braver Bierkutschengaul vor seiner Kutsche, im Geschirr landläufiger Meinungen munter durch ihre Scheinwelt traben?

Abgesichert und begleitet von einer Art Lebensversicherungsagentur, deren Werbeslogan dereinst lautete:
„Wenn das Geld im Kasten klingt, die Seele in den Himmel springt."
Der inzwischen, in etwa, auf die Formel: „Nur wer katholisch getauft ist, und seine Kirchensteuer entrichtet, kann Einlaß in das Reich Gottes finden." umformuliert worden ist ...

Katholisch getauft, und alles ist gut. Nichts kann dir was wollen. Dein Plätzchen im Himmel, ist ja auch schon gebucht. Versuchst du verzweifelt zu glauben ...

Auf der Furcht vor dem unbekannten Danach, hat diese Kirche ihre Macht begründet und ... nicht zuletzt, mit Zuhilfenahme der Kunst ...

Dieses Phänomen Kunst, das sich, mit der ihr innewohnenden Redlichkeit, der Wahrheit geweiht wähnt, wurde und wird, wie ich es inzwischen sehe, vom gesamten Christentum kolonialisiert, einverleibt, mißbraucht und ausgebeutet ...

Begeisternder Idealismus begnadeter Menschen, deren Sehnsucht nach höherem Sein, finden ihren Ausdruck in der Baukunst, der Musik, bis zur Maler- und Bildhauerei – ein unüberschaubares Heer redlicher, gläubiger Menschen, hat dieser und anderen Kirchen Kunstwerke geschenkt, deren sie sich über die Jahrhunderte gleichermaßen als unwürdig erwiesen haben ... nicht die Kunst war und ist ihnen heilig – heilig ist ihnen einzig die Macht über ihre Mitglieder und deren weltliches Vermögen.

Als, im wahrsten Sinne des Wortes leuchtendes Beispiel, sei an die Verbrennung zahlloser Frauen, Männer, und Kinder erinnert, deren Vermögen, nach ihrer Hinrichtung, vorwiegend der Mutter Kirche sowie Denunzianten anheimgefallen sein soll ...

Kronzeuge hierfür dürfte, Gott hab ihn selig, Fürstbischof von Würzburg Johann Gottfried von Aschhausen sein, der sein lukratives Geschäft als Mordbrenner in der Zeit von 1617 bis 1623 betrieben hat ...

Sofern es nicht sie selbst betraf ... verkauften die Kirchenmänner solche Hinrichtungen als Akt der Nächstenliebe – als einen Versuch, Sünderinnen und Sünder ewiges Leiden im Höllenfeuer zu ersparen, indem diese die reinigenden Flammen der Scheiterhaufen genießen dürfen ... noch Fragen?

Immer schon, hat die Katholische Kirche ihr wahres Gesicht hinter Lügen, und den sie umgebenden Kunstwerken zu Verbergen verstanden – als Schüler habe ich im Vegesacker Jugendchor mit verzückter Inbrunst das Kirchenlied: Maria durch ein Dornwald ging gesungen und: es ist ein Ros entsprungen … die Matthäuspassion, von Johann Sebastian Bach, habe ich im Bremer Dom, tief ergriffen, erlebt …

Damals habe ich das alles mit Kirche und Christentum in Verbindung gebracht, kam gar nicht auf den Gedanken, daß all das der Kirche gar nicht angehört, daß sie, was reine Herzen in Demut geschaffen haben, skrupellos vor ihren zwielichtigen Karren spannt …

*

Inzwischen hat sich wieder die Frage an mich herangeschlichen: was Kunst denn sei. Und ein Kuß. Was das denn ist.

Erika, meine Mutter, hat mich einmal darüber aufgeklärt, was ein gewöhnlicher Kuß, den wir wohl getrost der Scheinwelt zuordnen können, denn sei: ein Kuß, hat sie mir erzählt, ist, wenn Lippenlappen derart aufeinander klappen so, daß ein Geräusch entsteht, als wenn ne Kuh im Matsche geht.

Na schön. Gehört wohl mehr zu den landläufigen Kußvarianten. Langweilig. Scheinweltlich. So, wie der Verbrüderungskuß wohl auch. Ebenso der Abschiedskuß.
Dann soll es da, vor langer Zeit, auch noch einen Judaskuß gegeben haben, der Liebe für Geld, Wahrheit für Schein hergegeben haben soll.
Ein oft so trügerischer Kuß Liebender jedoch, der ewige Treue verspricht, könnte auch schon mal ein Grenzfall zwischen Wahrheit sein und Schein.

Da gibt es aber **noch ganz andere Küsse;** jene, von denen Kunstschaffende so oft vergeblich träumen, die von irgendwoher, wie aus dem Nichts, herbeigeflogen kommen, sich nicht rufen lassen, einfach da sind – oder nicht ...

Beglückende Küsse, die nur schenken, keine Gegenleistung, keinen Treueschwur, nichts fordern – die nicht einmal wirklich, umso mehr aber wahr sind – die den Geist aus seiner Scheinwelt befreien, ihm Flügel verleihen, verzaubern so daß er sich in anderen Welten frei bewegen, Wahres wahrnehmen kann unter den Küssen der Musen – Botschafterinnen aus einer anderen, vermutlich einer jenseitigen Welt ...

Darin liegt das Geheimnis der Kunst begründet, das ist es, was sie so bedeutungsvoll macht, daß sie Botschaften in sich birgt, die uns, vielleicht, tatsächlich eine Pforte ins Jenseits öffnen können ... ungetauft, wie wir hoffentlich noch sind ...

*

So gut wir uns mit dem Küssen nun auskennen, was Kunst ist, wissen wir immer noch nicht, und werden es von mir auch nicht erfahren ... in dieser Frage eben, läßt mich die Logik voll im Stich.

Den Grund hierfür zu ergründen, stell ich mir mal eine Landkarte vor, auf der sich, von einer Grenze getrennt, zwei Gebiete gegenüber liegen:
Auf der einen Seite die Logik, auf der anderen die Phantasie –

Wird reine Logik, die Grenze zur Phantasie hin wohl überschreiten können?
Logischerweise natürlich nicht. Der Logik ist die Phantasie ja von Natur aus ganz fremd, und unverstehbar. Jeglicher Zugang ist ihr verschlossen.

Wie aber sieht es denn umgekehrt aus? kann sich die Phantasie in das Reich der Logik wagen?
Natürlich, bedenkenlos kann sie das. Ihr sind ja keine Grenzen
gesetzt, ist auf beiden Seiten zu Haus, indes die Logik sich
durch ihre Logik selbst begrenzt ...
Ebenso verhält es sich mit der Wirklichkeit und der Wahrheit;
die Wirklichkeit kennt die Wahrheit nicht, indes die Wahrheit,
der Phantasie gleich, überall zuhause ist ...

Selbst mit uns und dem Jenseits, könnte es sich so ähnlich
verhalten; wir, die Wirklichen, Scheinweltverhafteten können die
Grenze zum Jenseits nicht so einfach überschreiten, wogegen
uns, so sie wollen, die Musen, als Botschafterinnen des Jenseits vielleicht, besuchen werden uns zu küssen, bis wir, vielleicht, den Weg in die geheimnisvolle andere Welt doch noch
finden werden ...

Bis dahin, fürchte ich, lassen wir uns wie Huren, die sich ir-
gendwem hingeben, von der Logik an die Scheinwelt vergeben
... in Wahrheit an das Nichts ...

Dabei fällt mir gerade ein; wir wollten doch noch ein Kunstwerk
betrachten, ein Gemälde von Paul Gauguin ...

Das Abbild des Gemäldes: "Reiter am Strand" ist von mir im
Halbdunkel aufgenommen, und entsprechend undeutlich ge-
worden.
Von historischer Bedeutung ist es dennoch allemal, denn:

Es entstand, als eine Taube es sich betrachtete – ist daher un-
wiederholbar, wobei die Taube im späteren Verlauf dieser Geschichte eine bedeutsame Rolle spielen wird.

Damals, im Mai 1903: Paul Gauguin – in sauberen Sand gebettet, unter einer duftenden Blütendecke – von Tränen geliebter Frauen benetzt, deren Knochen längst schon, mit denen ihrer Pferde bei den seinen ruhen ...

Heute, im Sommer 2012: eine Taube betrachtet das Gemälde – sieht Menschen, Pferde, einen Strand und das Meer ...

Wenn auch Menschen wie Pferde längst aus dem diesseitigen Dasein geschieden sind, sprechen Geist und Seele des vergangenen Lebens aus dem Bild zu mir so, wie die Welle, die sich gleich am Strande brechen wird, mich an Werden denken läßt, und an Vergehen ...

Der Blick eine Pferdeschlachters wird, beim Betrachten dieses Bildes, wohl eher bestrebt sein, die Qualität der Pferdeschinken abzuschätzen, ein Freund von Pferderennen, die Schnelligkeit der Pferde ... und die Taube? was sieht die in dem Bild?, ja, da sind wir mal wieder am Ende mit unserem Latein ... oder – einfach mal fragen?

Nein, ich scherze nicht – Wissenschaftler haben genau das getan; Tauben zu Gemälden befragt ...

Um ein mögliches Verständnis der Vögel für die Gemälde, ging es den Wissenschaftlern allerdings nicht. Die wollten nur das Erinnerungsvermögen der Tauben testen. Auf die Idee, daß da auch bewußtseinsmäßig was sein könnte, sind sie gar nicht erst gekommen.

Also haben die Ahnungs- wie Phantasielosen ihrem Versuchsobjekt ein Gemälde eines bestimmten Malers, sowie ein Photo von ihm gezeigt.
Bei dem Photo lag ein leckeres Korn für den Vogel bereit, so daß er dieses bestimmte Bild in wohlschmeckende Verbindung zu dem Photo brachte.
Mit dem nächsten Bild des gleichen Malers erschien ebenfalls ein begehrliches Korn bei dem Photo. Neues Gemälde bedeutet also neues Korn.
So ging es eine Weile weiter, bis ein Gemälde eines anderen Malers erschien.
Diesmal kein Korn bei dem Photo – stattdessen bei dem Photo des andere Malers.

Weitere Maler wurden mit ihren Kunstwerken und Photos aufgetischt, und nach beendeter Mahlzeit wieder abgeräumt.

Als die Taube verdaut hatte, legten die Wissenschaftler alle Photos wieder aus, legten aber nur ein Gemälde dazu.

Glaubt's oder nicht: das Gemälde führte die Taube prompt zu dem Photo des entsprechenden Malers – ohne daß dort das begehrte Korn zu finden gewesen Wäre ... das wurde dem gelehrigen Vogel anständigerweise nachträglich übergeben ...

*

Das vorläufige Ende der Geschichte: die Taube hatte sich gemerkt, welche Maler für welche, ihr bekannten Gemälde, zuständig sind.

Das würde manch ein kunstinteressierter Mensch wohl auch noch fertigbringen – aber das dicke Ende kommt ja erst noch: der Vogel vermochte auch Gemälde, die er noch nie gesehen hatte, den entsprechenden Künstlern zuzuordnen ... wie auch all die anderen Tauben, die an dem gleichen Versuch beteiligt gewesen sind ...

*

Die Tauben werden uns natürlich nicht verraten, was sie dazu befähigt, den persönlichen Malstil eines Malers von dem eines anderen Malers zu unterscheiden ...

Mir drängt sich allerdings der Verdacht auf, daß diese rätselhaften Wesen womöglich die Seelenlage der Maler in ihren Gemälden aufspürend wahrnehmen, und erkennen, wessen Malers Seele sich in welchem Kunstwerk verbirgt ...

Die Frage, ob Vögel Kunst verstehen, stellt sich mir allerdings nicht. Die kommen ohne sie aus – wissen auch so um werden, sein und vergehen, und das Danach ...